LUDWIG TIECK

DER BLONDE ECKBERT
DER RUNENBERG

Märchen

HAMBURGER LESEHEFTE VERLAG
HUSUM/NORDSEE

DER BLONDE ECKBERT

In einer Gegend des Harzes wohnte ein Ritter, den man gewöhnlich nur den blonden Eckbert nannte. Er war ohngefähr vierzig Jahr' alt, kaum von mittler Größe, und kurze hellblonde Haare lagen schlicht und dicht an seinem blassen eingefallenen Gesichte. Er lebte sehr ruhig für sich und war niemals in den Fehden seiner Nachbarn verwickelt, auch sah man ihn nur selten außerhalb den Ringmauern seines kleinen Schlosses. Sein Weib liebte die Einsamkeit ebenso sehr, und beide schienen sich von Herzen zu lieben, nur klagten sie gewöhnlich darüber, dass der Himmel ihre Ehe mit keinen Kindern segnen wolle.

Nur selten wurde Eckbert von Gästen besucht, und wenn es auch geschah, so wurde ihretwegen fast nichts in dem gewöhnlichen Gange des Lebens geändert, die Mäßigkeit wohnte dort, und die Sparsamkeit selbst schien alles anzuordnen. Eckbert war alsdann heiter und aufgeräumt, nur wenn er allein war, bemerkte man an ihm eine gewisse Verschlossenheit, eine stille zurückhaltende Melancholie.

Niemand kam so häufig auf die Burg als Philipp Walther, ein Mann, an welchen sich Eckbert geschlossen hatte, weil er an ihm ohngefähr dieselbe Art zu denken fand, der auch er am meisten zugetan war. Dieser wohnte eigentlich in Franken, hielt sich aber oft über ein halbes Jahr in der Nähe von Eckberts Burg auf, sammelte Kräuter und Steine und beschäftigte sich damit, sie in Ordnung zu bringen, er lebte von einem kleinen Vermögen und war von niemand abhängig. Eckbert begleitete ihn oft auf seinen einsamen Spaziergängen, und mit jedem Jahre entspann sich zwischen ihnen eine innigere Freundschaft.

Es gibt Stunden, in denen es den Menschen ängstigt, wenn er vor seinem Freunde ein Geheimnis haben soll, was er bis dahin oft mit vieler Sorgfalt verborgen hat, die Seele fühlt dann einen unwiderstehlichen Trieb, sich ganz mitzuteilen, dem Freunde auch das Innerste aufzuschließen, damit er umso mehr unser Freund werde. In diesen Augenblicken geben sich die zarten Seelen einander zu erkennen, und zuweilen geschieht es wohl auch, dass einer vor der Bekanntschaft des andern zurückschreckt.

Es war schon im Herbst, als Eckbert an einem neblichten Abend mit seinem Freunde und seinem Weibe Bertha um das Feuer eines Kamines saß. Die Flamme warf einen hellen Schein durch das Gemach und spielte oben an der Decke, die Nacht sah schwarz zu den Fenstern herein, und die Bäume draußen schüttelten sich vor nasser Kälte. Walther klagte über den weiten Rückweg, den er habe, und Eckbert schlug ihm vor, bei ihm zu bleiben, die halbe Nacht unter traulichen Gesprächen hinzubringen und dann noch in einem Gemache des Hauses bis am Morgen zu schlafen. Walther ging den Vorschlag ein, und nun ward Wein und die Abendmahlzeit hereingebracht, das Feuer durch Holz vermehrt und das Gespräch der Freunde heitrer und vertraulicher.

Als das Abendessen abgetragen war und sich die Knechte wieder entfernt hatten, nahm Eckbert die Hand Walthers und sagte: „Freund, Ihr solltet Euch einmal von meiner Frau die Geschichte ihrer Jugend erzählen lassen, die seltsam genug ist." – „Gern", sagte Walther, und man setzte sich wieder um den Kamin.

Es war jetzt gerade Mitternacht, der Mond sah abwechselnd durch die vorüberflatternden Wolken. „Ihr müsst mich nicht für zudringlich halten", fing Bertha an, „mein Mann sagt, dass Ihr so edel denkt, dass es unrecht sei, Euch etwas zu verhehlen. Nur haltet meine Erzählung für kein Märchen, so sonderbar sie auch klingen mag.

Ich bin in einem Dorfe geboren, mein Vater war ein armer Hirte. Die Haushaltung bei meinen Eltern war nicht zum Besten bestellt, sie wussten sehr oft nicht, wo sie das Brot hernehmen sollten. Was mich aber noch weit mehr jammerte, war, dass mein Vater und meine Mutter sich oft über ihre Armut entzweiten und einer dem andern dann bittere Vorwürfe machte. Sonst hört' ich beständig von mir, dass ich ein einfältiges dummes Kind sei, das nicht das unbedeutendste Geschäft auszurichten wisse, und wirklich war ich äußerst ungeschickt und unbeholfen, ich ließ alles aus den Händen fallen, ich lernte weder nähen noch spinnen, ich konnte nichts in der Wirtschaft helfen, nur die Not meiner Eltern verstand ich außerordentlich gut. Oft saß ich dann im Winkel und füllte meine Vorstellungen damit an, wie ich ihnen helfen wollte, wenn ich plötzlich reich würde, wie ich sie mit Gold und Silber überschütten und mich an ihrem Erstaunen laben möchte, dann sah ich Geister heraufschweben, die mir unterirdische Schätze entdeckten oder mir kleine Kiesel gaben, die sich in Edelsteine verwandelten, kurz, die wunderbarsten Fantasien beschäftigten mich, und wenn ich nun aufstehn musste, um irgendetwas zu helfen oder zu tragen, so zeigte ich mich noch viel ungeschickter, weil mir der Kopf von allen den seltsamen Vorstellungen schwindelte.

Mein Vater war immer sehr ergrimmt auf mich, dass ich eine so ganz unnütze Last des Hauswesens sei, er behandelte mich daher oft ziemlich grausam, und es war selten, dass ich ein freundliches Wort von ihm vernahm. So war ich ungefähr acht Jahr' alt geworden, und es wurden nun ernstliche Anstalten gemacht, dass ich etwas tun oder lernen sollte. Mein Vater glaubte, es wäre nur Eigensinn oder Trägheit von mir, um meine Tage in Müßiggang hinzubringen, genug, er setzte mir mit Drohungen unbeschreiblich zu, da diese aber doch nichts fruchteten, züchtigte er mich auf die grausamste Art und fügte hinzu, dass diese Strafe mit jedem Tage wiederkehren sollte, weil ich doch nur ein unnützes Geschöpf sei.

Die ganze Nacht hindurch weint' ich herzlich, ich fühlte mich so außerordentlich verlassen, ich hatte ein solches Mitleid mit mir selber, dass ich zu sterben wünschte. Ich fürchtete den Anbruch des Tages, ich wusste durchaus nicht, was ich anfangen sollte, ich wünschte mir alle mögliche Geschicklichkeit und konnte gar nicht begreifen, warum ich einfältiger sei als die übrigen Kinder meiner Bekanntschaft. Ich war der Verzweiflung nahe.

Als der Tag graute, stand ich auf und eröffnete, fast ohne dass ich es wusste, die Tür unsrer kleinen Hütte. Ich stand auf dem freien Felde, bald darauf war ich in einem Walde, in den der Tag fast noch nicht hineinblickte. Ich lief immerfort, ohne mich umzusehn, ich fühlte keine Müdigkeit, denn ich glaubte immer, mein Vater würde mich noch wieder einholen und, durch meine Flucht gereizt, mich noch grausamer behandeln.

Als ich aus dem Walde wieder heraustrat, stand die Sonne schon ziemlich hoch, ich sah jetzt etwas Dunkles vor mir liegen, welches ein dichter Nebel bedeckte. Bald musste ich über Hügel klettern, bald durch einen zwischen Felsen gewundenen Weg gehn, und ich erriet nun, dass ich mich wohl in dem benachbarten Gebirge befinden müsse, worüber ich anfing, mich in der Einsamkeit zu fürchten. Denn ich hatte in der Ebene noch keine Berge gesehn, und das bloße Wort Gebirge, wenn ich davon hatte reden hören, war meinem kindischen Ohr ein fürchterlicher Ton gewesen. Ich hatte nicht das Herz, zurückzugehn, sondern eben meine Angst trieb mich vorwärts; oft sah ich mich erschrocken um, wenn der Wind über mir weg durch die Bäume fuhr oder ein ferner Holzschlag weit durch den stillen Morgen hintönte. Als mir Köhler und Bergleute endlich begegneten und ich eine fremde Aussprache hörte, wäre ich vor Entsetzen fast in Ohnmacht gesunken.

Ich kam durch mehrere Dörfer und bettelte, weil ich jetzt Hunger und Durst empfand, ich half mir so ziemlich mit meinen Antworten durch, wenn ich gefragt wurde. So war ich ohngefähr vier Tage fortgewandert, als ich auf einen kleinen Fußsteig geriet, der mich von der großen Straße immer mehr entfernte. Die Felsen um mich her gewannen jetzt eine andre, weit seltsamere Gestalt. Es waren Klippen, so aufeinander gepackt, dass es das Ansehn hatte, als wenn sie der erste Windstoß durcheinanderwerfen würde. Ich wusste nicht, ob ich weitergehn sollte. Ich hatte des Nachts immer im Walde geschlafen, denn es war gerade zur schönsten Jahrszeit, oder in abgelegenen Schäferhütten; hier traf ich aber gar keine menschliche Wohnung und konnte auch nicht vermuten, in dieser Wildnis auf eine zu stoßen; die Felsen wurden immer furchtbarer, und ich musste oft dicht an schwindlichten Abgründen vorbeigehn, und endlich hörte sogar der Weg unter meinen Füßen auf. Ich war ganz trostlos, ich weinte und schrie, und in den Felsentälern hallte meine Stimme auf eine schreckliche Art zurück. Nun brach die Nacht herein, und ich suchte mir eine Moosstelle aus, um dort zu ruhn. Ich konnte nicht schlafen; in der Nacht hörte ich die seltsamsten Töne, bald hielt ich es für wilde Tiere, bald für den Wind, der durch die Felsen klage, bald für fremde Vögel. Ich betete und schlief nur spät gegen Morgen ein.

Ich erwachte, als mir der Tag ins Gesicht schien. Vor mir war ein steiler Felsen, ich kletterte in der Hoffnung hinauf, von dort den Ausgang aus der Wildnis zu entdecken und vielleicht Wohnungen oder Menschen gewahr zu werden. Als ich aber oben stand, war alles, so weit nur mein Auge reichte, ebenso wie um mich her, alles war mit einem neblichten Dufte überzogen, der Tag war grau und trübe, und keinen Baum, keine Wiese, selbst kein Gebüsch konnte mein Auge entdecken, einzelne Sträucher ausgenommen, die einsam und betrübt in engen Felsenritzen emporgeschossen waren. Es ist unbeschreiblich, welche Sehnsucht ich empfand, nur eines Menschen ansichtig zu werden, wäre es auch, dass ich mich vor ihm hätte fürchten müssen. Zugleich empfand ich einen peinigenden Hunger, ich setzte mich nieder und beschloss zu sterben. Aber nach einiger Zeit trug die Lust zu leben dennoch den Sieg davon, ich raffte mich auf und ging unter Tränen, unter abgebrochenen Seufzern den ganzen Tag hindurch; am Ende war ich mir meiner kaum noch bewusst, ich war müde und erschöpft, ich wünschte kaum noch zu leben und fürchtete doch den Tod.

Gegen Abend schien die Gegend umher etwas freundlicher zu werden, meine Gedanken, meine Wünsche lebten wieder auf, die Lust zum Leben erwachte in allen meinen Adern. Ich glaubte jetzt das Gesause einer Mühle aus der Ferne zu hören, ich verdoppelte meine Schritte, und wie wohl, wie leicht ward mir, als ich endlich wirklich die Grenzen der öden Felsen erreichte, ich sah Wälder und Wiesen mit fernen angenehmen Bergen wieder vor mir liegen. Mir war, als wenn ich aus der Hölle in ein Paradies getreten wäre, die Einsamkeit und meine Hülflosigkeit schienen mir nun gar nicht fürchterlich.

Statt der gehofften Mühle stieß ich auf einen Wasserfall, der meine Freude freilich um vieles minderte; ich schöpfte mit der Hand einen Trunk aus dem Bache, als mir plötzlich war, als höre ich in einiger Entfernung ein leises Husten. Nie bin ich so angenehm überrascht worden, als in diesem Augenblick, ich ging näher und ward an der Ecke des Waldes eine alte Frau gewahr, die auszuruhen schien. Sie war fast ganz schwarz gekleidet und eine schwarze Kappe bedeckte ihren Kopf und einen großen Teil des Gesichtes, in der Hand hielt sie einen Krückenstock.

Ich näherte mich ihr und bat um ihre Hülfe, sie ließ mich neben sich niedersitzen und gab mir Brot und etwas Wein. Indem ich aß, sang sie mit kreischendem Ton ein geistliches Lied. Als sie geendet hatte, sagte sie mir, ich möchte ihr folgen.

Ich war über diesen Antrag sehr erfreut, so wunderlich mir auch die Stimme und das Wesen der Alten vorkam. Mit ihrem Krückenstocke ging sie ziemlich behände, und bei jedem Schritte verzog sie ihr Gesicht so, dass ich im Anfange darüber lachen musste. Die wilden Felsen traten immer weiter hinter uns zurück, wir gingen über eine angenehme Wiese und dann durch einen ziemlich langen Wald. Als wir heraustraten, ging die Sonne gerade unter, und ich werde den Anblick und die Empfindung dieses Abends nie vergessen. In das sanfteste Rot und Gold war alles verschmolzen, die Bäume standen mit ihren Wipfeln in der Abendröte, und über den Feldern lag der entzückende Schein, die Wälder und die Blätter der Bäume standen still, der reine Himmel sah aus wie ein aufgeschlossenes Paradies, und das Rieseln der Quellen und von Zeit zu Zeit das Flüstern der Bäume tönte durch die heitre Stille wie in wehmütiger Freude. Meine junge Seele bekam jetzt zuerst eine Ahndung von der Welt und ihren Begebenheiten. Ich vergaß mich und meine Führerin, mein Geist und meine Augen schwärmten nur zwischen den goldnen Wolken.

Wir stiegen nun einen Hügel hinan, der mit Birken bepflanzt war, von oben sah man in ein grünes Tal voller Birken hinein, und unten mitten in den Bäumen lag eine kleine Hütte. Ein munteres Bellen kam uns entgegen, und bald sprang ein kleiner behänder Hund die Alte an und wedelte, dann kam er zu mir, besah mich von allen Seiten und kehrte mit freundlichen Gebärden zur Alten zurück.

Als wir vom Hügel hinuntergingen, hörte ich einen wunderbaren Gesang, der aus der Hütte zu kommen schien, wie von einem Vogel, es sang also:

‚Waldeinsamkeit,
Die mich erfreut,
So morgen wie heut
In ew'ger Zeit,
O wie mich freut
Waldeinsamkeit.'

Diese wenigen Worte wurden beständig wiederholt, wenn ich es beschreiben soll, so war es fast, als wenn Waldhorn und Schalmein ganz in der Ferne durcheinanderspielen.

Meine Neugier war außerordentlich gespannt; ohne dass ich auf den Befehl der Alten wartete, trat ich mit in die Hütte. Die Dämmerung war schon eingebrochen, alles war ordentlich aufgeräumt, einige Becher standen auf einem Wandschranke, fremdartige Gefäße auf einem Tische, in einem glänzenden Käfig hing ein Vogel am Fenster, und er war es wirklich, der die Worte sang. Die Alte keichte und hustete, sie schien sich gar nicht wieder erholen zu können, bald streichelte sie den kleinen Hund, bald sprach sie mit dem Vogel, der ihr nur mit seinem gewöhnlichen Liede Antwort gab; übrigens tat sie gar nicht, als wenn ich zugegen wäre. Indem ich sie so betrachtete, überlief mich mancher Schauer, denn ihr Gesicht war in einer ewigen Bewegung, indem sie dazu wie vor Alter mit dem Kopfe schüttelte, sodass ich durchaus nicht wissen konnte, wie ihr eigentliches Aussehn beschaffen war.

Als sie sich erholt hatte, zündete sie Licht an, deckte einen ganz kleinen Tisch und trug das Abendessen auf. Jetzt sah sie sich nach mir um und hieß mir einen von den geflochtenen Rohrstühlen nehmen. So saß ich ihr nun dicht gegenüber und das Licht stand zwischen uns. Sie faltete ihre knöchernen Hände und betete laut, indem sie ihre Gesichtsverzerrungen machte, sodass es mich beinahe wieder zum Lachen gebracht hätte; aber ich nahm mich sehr in Acht, um sie nicht boshaft zu machen.

Nach dem Abendessen betete sie wieder, und dann wies sie mir in einer niedrigen und engen Kammer ein Bett an; sie schlief in der Stube. Ich blieb nicht lange munter, ich war halb betäubt, aber in der Nacht wachte ich einige Mal auf, und dann hörte ich die Alte husten und mit dem Hunde sprechen, und den Vogel dazwischen, der im Traum zu sein schien und immer nur einzelne Worte von seinem Liede sang. Das machte mit den Birken, die vor dem Fenster rauschten, und mit dem Gesang einer entfernten Nachtigall ein so wunderbares Gemisch, dass es mir immer nicht war, als sei ich erwacht, sondern als fiele ich nur in einen andern noch seltsamern Traum.

Am Morgen weckte mich die Alte und wies mich bald nachher zur Arbeit an. Ich musste spinnen, und ich begriff es nun auch bald, dabei hatte ich noch für den Hund und für den Vogel zu sorgen. Ich lernte mich schnell in die Wirtschaft finden, und alle Gegenstände umher wurden mir bekannt; nun war mir, als müsste alles so sein, ich dachte gar nicht mehr daran, dass die Alte etwas Seltsames an sich habe, dass die Wohnung abenteuerlich und von allen Menschen entfernt liege, und dass an dem Vogel etwas Außerordentliches sei. Seine Schönheit fiel mir zwar immer auf, denn seine Federn glänzten mit allen möglichen Farben, das schönste Hellblau und das brennendste Rot wechselten an seinem Halse und Leibe, und wenn er sang, blähte er sich stolz auf, sodass sich seine Federn noch prächtiger zeigten.

Oft ging die Alte aus und kam erst am Abend zurück, ich ging ihr dann mit dem Hunde entgegen, und sie nannte mich Kind und Tochter. Ich ward ihr endlich von Herzen gut, wie sich unser Sinn denn an alles, besonders in der Kindheit, gewöhnt. In den Abendstunden lehrte sie mich lesen, ich begriff es bald, und es ward nachher in meiner Einsamkeit eine Quelle von unendlichem Vergnügen, denn sie hatte einige alte geschriebene Bücher, die wunderbare Geschichten enthielten.

Die Erinnerung an meine damalige Lebensart ist mir noch bis jetzt immer seltsam: Von keinem menschlichen Geschöpfe besucht, nur in einem so kleinen Familienzirkel einheimisch, denn der Hund und der Vogel machten denselben Eindruck auf mich, den sonst nur längst gekannte Freunde hervorbringen. Ich habe mich immer nicht wieder auf den seltsamen Namen des Hundes besinnen können, sooft ich ihn auch damals nannte.

Vier Jahre hatte ich so mit der Alten gelebt, und ich mochte ohngefähr zwölf Jahr' alt sein, als sie mir endlich mehr vertraute und mir ein Geheimnis entdeckte. Der Vogel legte nämlich an jedem Tage ein Ei, in dem sich eine Perl oder ein Edelstein befand. Ich hatte schon immer bemerkt, dass sie heimlich in dem Käfige wirtschafte, mich aber nie genauer darum bekümmert. Sie trug mir jetzt das Geschäft auf, in ihrer Abwesenheit diese Eier zu nehmen und in den fremdartigen Gefäßen wohl zu verwahren. Sie ließ mir meine Nahrung zurück und blieb nun länger aus, Wochen, Monate; mein Rädchen schnurrte, der Hund bellte, der wunderbare Vogel sang und dabei war alles so still in der Gegend umher, dass ich mich in der ganzen Zeit keines Sturmwindes, keines Gewitters erinnere. Kein Mensch verirrte sich dorthin, kein Wild kam unserer Behausung nahe, ich war zufrieden und arbeitete mich von einem Tage zum andern hinüber. – Der Mensch wäre vielleicht recht glücklich, wenn er so ungestört sein Leben bis ans Ende fortführen könnte.

Aus dem wenigen, was ich las, bildete ich mir ganz wunderliche Vorstellungen von der Welt und den Menschen, alles war von mir und meiner Gesellschaft hergenommen: Wenn von lustigen Leuten die Rede war, konnte ich sie mir nicht anders vorstellen wie den kleinen Spitz, prächtige Damen sahen immer wie der Vogel aus, alle alte Frauen wie meine wunderliche Alte. Ich hatte auch von Liebe etwas gelesen und spielte nun in meiner Fantasie seltsame Geschichten mit mir selber. Ich dachte mir den schönsten Ritter von der Welt, ich schmückte ihn mit allen Vortrefflichkeiten aus, ohne eigentlich zu wissen, wie er nun nach allen meinen Bemühungen aussah: Aber ich konnte ein rechtes Mitleid mit mir selber haben, wenn er mich nicht wieder liebte; dann sagte ich lange rührende Reden in Gedanken her, zuweilen auch wohl laut, um ihn nur zu gewinnen. – Ihr lächelt! Wir sind jetzt freilich alle über diese Zeit der Jugend hinüber.

Es war mir jetzt lieber, wenn ich allein war, denn alsdann war ich selbst die Gebieterin im Hause. Der Hund liebte mich sehr und tat alles, was ich wollte, der Vogel antwortete mir mit seinem Liede auf alle meine Fragen, mein Rädchen drehte sich immer munter, und so fühlte ich im Grunde nie einen Wunsch nach Veränderung. Wenn die Alte von ihren langen Wanderungen zurückkam, lobte sie meine Aufmerksamkeit, sie sagte, dass ihre Haushaltung, seit ich dazugehöre, weit ordentlicher geführt werde, sie freute sich über mein Wachstum und mein gesundes Aussehn, kurz, sie ging ganz mit mir wie mit einer Tochter um.

‚Du bist brav, mein Kind!‘, sagte sie einst zu mir mit einem schnarrenden Tone; ‚wenn du so fortfährst, wird es dir auch immer gut gehn: Aber nie gedeiht es, wenn man von der rechten Bahn abweicht, die Strafe folgt nach, wenn auch noch so spät.‘ – Indem sie das sagte, achtete ich eben nicht sehr darauf, denn ich war in allen meinen Bewegungen und meinem ganzen Wesen sehr lebhaft; aber in der Nacht fiel es mir wieder ein, und ich konnte nicht begreifen, was sie damit hatte sagen wollen. Ich überlegte alle Worte genau, ich hatte wohl von Reichtümern gelesen, und am Ende fiel mir ein, dass ihre Perlen und Edelsteine wohl etwas Kostbares sein könnten. Dieser Gedanke wurde mir bald noch deutlicher. Aber was konnte sie mit der rechten Bahn meinen? Ganz konnte ich den Sinn ihrer Worte noch immer nicht fassen.

Ich war jetzt vierzehn Jahr’ alt, und es ist ein Unglück für den Menschen, dass er seinen Verstand nur darum bekömmt, um die Unschuld seiner Seele zu verlieren. Ich begriff nämlich wohl, dass es nur auf mich ankomme, in der Abwesenheit der Alten den Vogel und die Kleinodien zu nehmen und damit die Welt, von der ich gelesen hatte, aufzusuchen. Zugleich war es mir dann vielleicht möglich, den überaus schönen Ritter anzutreffen, der mir immer noch im Gedächtnisse lag.

Im Anfange war dieser Gedanke nichts weiter als jeder andere Gedanke, aber wenn ich so an meinem Rade saß, so kam er mir immer wider Willen zurück, und ich verlor mich so in ihm, dass ich mich schon herrlich geschmückt sah, und Ritter und Prinzen um mich her. Wenn ich mich so vergessen hatte, konnte ich ordentlich betrübt werden, wenn ich wieder aufschaute und mich in der kleinen Wohnung antraf. Übrigens, wenn ich meine Geschäfte tat, bekümmerte sich die Alte nicht weiter um mein Wesen.

An einem Tage ging meine Wirtin wieder fort und sagte mir, dass sie diesmal länger als gewöhnlich ausbleiben werde, ich solle ja auf alles ordentlich Acht geben und mir die Zeit nicht lang werden lassen. Ich nahm mit einer gewissen Bangigkeit von ihr Abschied, denn es war mir, als würde ich sie nicht wiedersehn. Ich sah ihr lange nach und wusste selbst nicht, warum ich so beängstigt war; es war fast, als wenn mein Vorhaben schon vor mir stände, ohne dessen deutlich mir bewusst zu sein.

Nie hab ich des Hundes und des Vogels mit einer solchen Emsigkeit gepflegt, sie lagen mir näher am Herzen als sonst. Die Alte war schon einige Tage abwesend, als ich mit dem festen Vorsatze aufstand, mit dem Vogel die Hütte zu verlassen und die sogenannte Welt aufzusuchen. Es war mir enge und bedrängt zu Sinne, ich wünschte wieder dazubleiben, und doch war mir der Gedanke widerwärtig; es war ein seltsamer Kampf in meiner Seele, wie ein Streiten von zwei widerspenstigen Geistern in mir. In einem Augenblicke kam mir die ruhige Einsamkeit so schön vor, dann entzückte mich wieder die Vorstellung einer neuen Welt, mit allen ihren wunderbaren Mannigfaltigkeiten.

Ich wusste nicht, was ich aus mir selber machen sollte, der Hund sprang mich unaufhörlich an, der Sonnenschein breitete sich munter über die Felder aus, die grünen Birken funkelten: Ich hatte die Empfindung, als wenn ich etwas sehr Eiliges zu tun hätte, ich griff also den kleinen Hund, band ihn in der Stube fest und nahm dann den Käfig mit dem Vogel unter den Arm. Der Hund krümmte sich und winselte über diese ungewohnte Behandlung, er sah mich mit bittenden Augen an, aber ich fürchtete mich, ihn mit mir zu nehmen. Noch nahm ich eins von den Gefäßen, das mit Edelsteinen angefüllt war, und steckte es zu mir, die übrigen ließ ich stehn.

Der Vogel drehte den Kopf auf eine wunderliche Weise, als ich mit ihm zur Tür hinaustrat, der Hund strengte sich sehr an, mir nachzukommen, aber er musste zurückbleiben.

Ich vermied den Weg nach den wilden Felsen und ging nach der entgegengesetzten Seite. Der Hund bellte und winselte immerfort, und es rührte mich recht inniglich; der Vogel wollte einige Mal zu singen anfangen, aber da er getragen ward, musste es ihm wohl unbequem fallen.

Sowie ich weiterging, hörte ich das Bellen immer schwächer, und endlich hörte es ganz auf. Ich weinte und wäre beinahe wieder umgekehrt, aber die Sucht, etwas Neues zu sehn, trieb mich vorwärts.

Schon war ich über Berge und durch einige Wälder gekommen, als es Abend ward und ich in einem Dorfe einkehren musste. Ich war sehr blöde, als ich in die Schenke trat, man wies mir eine Stube und ein Bette an, ich schlief ziemlich ruhig, nur dass ich von der Alten träumte, die mir drohte.

Meine Reise war ziemlich einförmig, aber je weiter ich ging, je mehr ängstigte mich die Vorstellung von der Alten und dem kleinen Hunde; ich dachte daran, dass er wahrscheinlich ohne meine Hülfe verhungern müsse, im Walde glaubt' ich oft, die Alte würde mir plötzlich entgegentreten. So legte ich unter Tränen und Seufzern den Weg zurück; sooft ich ruhte und den Käfig auf den Boden stellte, sang der Vogel sein wunderliches Lied, und ich erinnerte mich dabei recht lebhaft des schönen verlassenen Aufenthalts. Wie die menschliche Natur vergesslich ist, so glaubt' ich jetzt, meine vormalige Reise in der Kindheit sei nicht so trübselig gewesen als meine jetzige; ich wünschte mich wieder in derselben Lage zu sein.

Ich hatte einige Edelsteine verkauft und kam nun nach einer Wanderschaft von vielen Tagen in einem Dorfe an. Schon beim Eintritt ward mir wundersam zumute, ich erschrak und wusste nicht worüber; aber bald erkannt' ich mich, denn es war dasselbe Dorf, in welchem ich geboren war. Wie ward ich überrascht! Wie liefen mir vor Freuden, wegen tausend seltsamer Erinnerungen, die Tränen von den Wangen! Vieles war verändert, es waren neue Häuser entstanden, andre, die man damals erst errichtet hatte, waren jetzt verfallen, ich traf auch Brandstellen; alles war weit kleiner, gedrängter, als ich erwartet hatte. Unendlich freute ich mich darauf, meine Eltern nun nach so manchen Jahren wiederzusehn; ich fand das kleine Haus, die wohlbekannte Schwelle, der Griff der Tür war noch ganz so wie damals, es war mir, als hätte ich sie nur gestern erst angelehnt; mein Herz klopfte ungestüm, ich öffnete sie hastig – aber ganz fremde Gesichter saßen in der Stube umher und stierten mich an. Ich fragte nach dem Schäfer Martin, und man sagte mir, er sei schon seit drei Jahren mit seiner Frau gestorben. – Ich trat schnell zurück und ging laut weinend aus dem Dorfe hinaus.

Ich hatte es mir so schön gedacht, sie mit meinem Reichtume zu überraschen; durch den seltsamsten Zufall war das nun wirklich geworden, was ich in der Kindheit immer nur träumte – und jetzt war alles umsonst, sie konnten sich nicht mit mir freuen, und das, worauf ich am meisten immer im Leben gehofft hatte, war für mich auf ewig verloren.

In einer angenehmen Stadt mietete ich mir ein kleines Haus mit einem Garten und nahm eine Aufwärterin zu mir. So wunderbar, als ich es vermutet hatte, kam mir die Welt nicht vor, aber ich vergaß die Alte und meinen ehemaligen Aufenthalt etwas mehr, und so lebt' ich im Ganzen recht zufrieden.

Der Vogel hatte schon seit lange nicht mehr gesungen; ich erschrak daher nicht wenig, als er in einer Nacht plötzlich wieder anfing, und zwar mit einem veränderten Liede. Er sang:

‚Waldeinsamkeit,
Wie liegst du weit!
O dich gereut
Einst mit der Zeit. –
Ach einz'ge Freud
Waldeinsamkeit!'

Ich konnte die Nacht hindurch nicht schlafen, alles fiel mir von Neuem in die Gedanken, und mehr als jemals fühlt' ich, dass ich unrecht getan hatte. Als ich aufstand, war mir der Anblick des Vogels ordentlich zuwider, er sah immer nach mir hin, und seine Gegenwart ängstigte mich. Er hörte nun mit seinem Liede gar nicht wieder auf, und er sang es lauter und schallender, als er es sonst gewohnt gewesen war. Je mehr ich ihn betrachtete, je bänger machte er mich; ich öffnete endlich den Käfig, steckte die Hand hinein und fasste seinen Hals, herzhaft drückte ich die Finger zusammen, er sah mich bittend an, ich ließ los, aber er war schon gestorben. – Ich begrub ihn im Garten.

Jetzt wandelte mich oft eine Furcht vor meiner Aufwärterin an, ich dachte an mich selbst zurück und glaubte, dass sie mich auch einst berauben oder wohl gar ermorden könne. – Schon lange kannt' ich einen jungen Ritter, der mir überaus gefiel, ich gab ihm meine Hand – und hiermit, Herr Walther, ist meine Geschichte geendigt."

„Ihr hättet sie damals sehn sollen“, fiel Eckbert hastig ein – „ihre Jugend, ihre Schönheit, und welch einen unbegreiflichen Reiz ihr ihre einsame Erziehung gegeben hatte. Sie kam mir vor wie ein Wunder, und ich liebte sie ganz unbeschreiblich. Ich hatte kein Vermögen, aber durch ihre Liebe kam ich in diesen Wohlstand; wir zogen hieher, und unsre Verbindung hat uns bis jetzt noch keinen Augenblick gereut.“ –

„Aber über unser Schwatzen“, fing Bertha wieder an, „ist es schon tief in die Nacht geworden – wir wollen uns schlafen legen.“

Sie stand auf und ging nach ihrer Kammer. Walther wünschte ihr mit einem Handkusse eine Gute Nacht und sagte: „Edle Frau, ich danke Euch, ich kann mir Euch recht vorstellen, mit dem seltsamen Vogel und wie Ihr den kleinen *Strohmian* füttert.“

Auch Walther legte sich schlafen, nur Eckbert ging noch unruhig im Saale auf und ab. – „Ist der Mensch nicht ein Tor?“, fing er endlich an; „ich bin erst die Veranlassung, dass meine Frau ihre Geschichte erzählt, und jetzt gereut mich diese Vertraulichkeit! – Wird er sie nicht missbrauchen? Wird er sie nicht andern mitteilen? Wird er nicht vielleicht, denn das ist die Natur des Menschen, eine unselige Habsucht nach unsern Edelgesteinen empfinden und deswegen Plane anlegen und sich verstellen?“

Es fiel ihm ein, dass Walther nicht so herzlich von ihm Abschied genommen hatte, als es nach einer solchen Vertraulichkeit wohl natürlich gewesen wäre. Wenn die Seele erst einmal zum Argwohn gespannt ist, so trifft sie auch in allen Kleinigkeiten Bestätigungen an. Dann warf sich Eckbert wieder sein unedles Misstrauen gegen seinen wackern Freund vor und konnte doch nicht davon zurückkehren. Er schlug sich die ganze Nacht mit diesen Vorstellungen herum und schlief nur wenig.

Bertha war krank und konnte nicht zum Frühstück erscheinen; Walther schien sich nicht viel darum zu kümmern und verließ auch den Ritter ziemlich gleichgültig. Eckbert konnte sein Betragen nicht begreifen; er besuchte seine Gattin, sie lag in einer Fieberhitze und sagte, die Erzählung in der Nacht müsse sie auf diese Art gespannt haben.

Seit diesem Abend besuchte Walther nur selten die Burg seines Freundes, und wenn er auch kam, ging er nach einigen unbedeutenden Worten wieder weg. Eckbert ward durch dieses Betragen im äußersten Grade gepeinigt; er ließ sich zwar gegen Bertha und Walther nichts davon merken, aber jeder musste doch seine innerliche Unruhe an ihm gewahr werden.

Mit Berthas Krankheit ward es immer bedenklicher; der Arzt ward ängstlich, die Röte von ihren Wangen war verschwunden und ihre Augen wurden immer glühender. – An einem Morgen ließ sie ihren Mann an ihr Bette rufen, die Mägde mussten sich entfernen.

„Lieber Mann“, fing sie an, „ich muss dir etwas entdecken, das mich fast um meinen Verstand gebracht hat, das meine Gesundheit zerrüttet, so eine unbedeutende Kleinigkeit es auch an sich scheinen möchte. – Du weißt, dass ich mich immer nicht, sooft ich von meiner Kindheit sprach, trotz aller angewandten Mühe auf den Namen des kleinen Hundes besinnen konnte, mit welchem ich so lange umging; an jenem Abend sagte Walther beim Abschiede plötzlich zu mir: ‚Ich kann mir Euch recht vorstellen, wie Ihr den kleinen *Strohmian* füttert.‘ Ist das Zufall? Hat er den Namen erraten, weiß er ihn und hat er ihn mit Vorsatz genannt? Und wie hängt dieser Mensch dann mit meinem Schicksale zusammen? Zuweilen kämpfe ich mit mir, als ob ich mir diese Seltsamkeit nur einbilde, aber es ist gewiss, nur zu gewiss. Ein gewaltiges Entsetzen befiel mich, als mir ein fremder Mensch so zu meinen Erinnerungen half. Was sagst du, Eckbert?“

Eckbert sah seine leidende Gattin mit einem tiefen Gefühle an, er schwieg und dachte bei sich nach, dann sagte er ihr einige tröstende Worte und verließ sie. In einem abgelegenen Gemache ging er in unbeschreiblicher Unruhe auf und ab. Walther war seit vielen Jahren sein einziger Umgang gewesen, und doch war dieser Mensch jetzt der Einzige in der Welt, dessen Dasein ihn drückte und peinigte. Es schien ihm, als würde ihm froh und leicht sein, wenn nur dieses einzige Wesen aus seinem Wege gerückt werden könnte. Er nahm seine Armbrust, um sich zu zerstreuen und auf die Jagd zu gehn.

Es war ein rauer stürmischer Wintertag, tiefer Schnee lag auf den Bergen und bog die Zweige der Bäume nieder. Er streifte umher, der Schweiß stand ihm auf der Stirne, er traf auf kein Wild, und das vermehrte seinen Unmut. Plötzlich sah er sich etwas in der Ferne bewegen, es war Walther, der Moos von den Bäumen sammelte; ohne zu wissen, was er tat, legte er an, Walther sah sich um und drohte mit einer stummen Gebärde, aber indem flog der Bolzen ab, und Walther stürzte nieder.

Eckbert fühlte sich leicht und beruhigt, und doch trieb ihn ein Schauder nach seiner Burg zurück: Er hatte einen großen Weg zu machen, denn er war weit hinein in die Wälder verirrt. – Als er ankam, war Bertha schon gestorben; sie hatte vor ihrem Tode noch viel von Walther und der Alten gesprochen.

Eckbert lebte nun eine lange Zeit in der größten Einsamkeit; er war schon sonst immer schwermütig gewesen, weil ihn die seltsame Geschichte seiner Gattin beunruhigte und er irgendeinen unglücklichen Vorfall, der sich ereignen könnte, befürchtete: Aber jetzt war er ganz mit sich zerfallen. Die Ermordung seines Freundes stand ihm unaufhörlich vor Augen, er lebte unter ewigen innern Vorwürfen.

Um sich zu zerstreuen, begab er sich zuweilen nach der nächsten großen Stadt, wo er Gesellschaften und Feste besuchte. Er wünschte durch irgendeinen Freund die Leere in seiner Seele auszufüllen, und wenn er dann wieder an Walther zurückdachte, so erschrak er vor dem Gedanken, einen Freund zu finden, denn er war überzeugt, dass er nur unglücklich mit jedwedem Freunde sein könne. Er hatte so lange mit Bertha in einer schönen Ruhe gelebt, die Freundschaft Walthers hatte ihn so manches Jahr hindurch beglückt, und jetzt waren beide so plötzlich dahingerafft, dass ihm sein Leben in manchen Augenblicken mehr wie ein seltsames Märchen als wie ein wirklicher Lebenslauf erschien.

Ein junger Ritter, *Hugo*, schloss sich an den stillen betrübten Eckbert und schien eine wahrhafte Zuneigung gegen ihn zu empfinden. Eckbert fand sich auf eine wunderbare Art überrascht, er kam der Freundschaft des Ritters umso schneller entgegen, je weniger er sie vermutet hatte. Beide waren nun häufig beisammen, der Fremde erzeigte Eckbert alle möglichen Gefälligkeiten, einer ritt fast nicht mehr ohne den andern aus, in allen Gesellschaften trafen sie sich, kurz, sie schienen unzertrennlich.

Eckbert war immer nur auf kurze Augenblicke froh, denn er fühlte es deutlich, dass ihn Hugo nur aus einem Irrtume liebe; jener kannte ihn nicht, wusste seine Geschichte nicht, und er fühlte wieder denselben Drang, sich ihm ganz mitzuteilen, damit er versichert sein könne, ob jener auch wahrhaft sein Freund sei. Dann hielten ihn wieder Bedenklichkeiten und die Furcht, verabscheut zu werden, zurück. In manchen Stunden war er so sehr von seiner Nichtswürdigkeit überzeugt, dass er glaubte, kein Mensch könne ihn seiner Achtung würdigen, für den er nicht ein völliger Fremdling sei. Aber dennoch konnte er sich nicht widerstehn; auf einem einsamen Spazierritte entdeckte er seinem Freunde seine ganze Geschichte und fragte ihn dann, ob er wohl einen Mörder lieben könne. Hugo war gerührt und suchte ihn zu trösten; Eckbert folgte ihm mit leichterm Herzen zur Stadt.

Es schien aber seine Verdammnis zu sein, gerade in der Stunde des Vertrauens Argwohn zu schöpfen, denn kaum waren sie in den Saal getreten, als ihm beim Schein der vielen Lichter die Mienen seines Freundes nicht gefielen. Er glaubte ein hämisches Lächeln zu bemerken, es fiel ihm auf, dass er nur wenig mit ihm spreche, dass er mit den Anwesenden viel rede und seiner gar nicht zu achten scheine. Ein alter Ritter war in der Gesellschaft, der sich immer als den

Gegner Eckberts gezeigt und sich oft nach seinem Reichtum und seiner Frau auf eine eigne Weise erkundigt hatte; zu diesem gesellte sich Hugo, und beide sprachen eine Zeit lang heimlich, indem sie nach Eckbert hindeuteten. Dieser sah jetzt seinen Argwohn bestätigt, er glaubte sich verraten, und eine schreckliche Wut bemeisterte sich seiner. Indem er noch immer hinstarrte, sah er plötzlich Walthers Gesicht, alle seine Mienen, die ganze, ihm so wohlbekannte Gestalt, er sah noch immer hin und ward überzeugt, dass niemand als *Walther* mit dem Alten spreche. – Sein Entsetzen war unbeschreiblich; außer sich stürzte er hinaus, verließ noch in der Nacht die Stadt und kehrte nach vielen Irrwegen auf seine Burg zurück.

Wie ein unruhiger Geist eilte er jetzt von Gemach zu Gemach, kein Gedanke hielt ihm stand, er verfiel von entsetzlichen Vorstellungen auf noch entsetzlichere, und kein Schlaf kam in seine Augen. Oft dachte er, dass er wahnsinnig sei und sich nur selber durch seine Einbildung alles erschaffe; dann erinnerte er sich wieder der Züge Walthers, und alles ward ihm immer mehr ein Rätsel. Er beschloss eine Reise zu machen, um seine Vorstellungen wieder zu ordnen; den Gedanken an Freundschaft, den Wunsch nach Umgang hatte er nun auf ewig aufgegeben.

Er zog fort, ohne sich einen bestimmten Weg vorzusetzen, ja er betrachtete die Gegenden nur wenig, die vor ihm lagen. Als er im stärksten Trabe seines Pferdes einige Tage so fortgeeilt war, sah er sich plötzlich in einem Gewinde von Felsen verirrt, in denen sich nirgend ein Ausweg entdecken ließ. Endlich traf er auf einen alten Bauer, der ihm einen Pfad, einem Wasserfall vorüber, zeigte: Er wollte ihm zur Danksagung einige Münzen geben, der Bauer aber schlug sie aus. – „Was gilt's", sagte Eckbert zu sich selber, „ich könnte mir wieder einbilden, dass dies niemand anders als Walther sei?" – Und indem sah er sich noch einmal um, und es war niemand anders als Walther. – Eckbert spornte sein Ross, so schnell es nur laufen konnte, durch Wiesen und Wälder, bis es erschöpft unter ihm zusammenstürzte. – Unbekümmert darüber setzte er nun seine Reise zu Fuß fort.

Er stieg träumend einen Hügel hinan; es war, als wenn er ein nahes munteres Bellen vernahm, Birken säuselten dazwischen, und er hörte mit wunderlichen Tönen ein Lied singen:

„Waldeinsamkeit,
Mich wieder freut,
Mir geschieht kein Leid,
Hier wohnt kein Neid,
Von Neuem mich freut
Waldeinsamkeit."

Jetzt war es um das Bewusstsein, um die Sinne Eckberts geschehn; er konnte sich nicht aus dem Rätsel herausfinden, ob er jetzt träume oder ehemals von einem Weibe Bertha geträumt habe; das Wunderbarste vermischte sich mit dem Gewöhnlichsten, die Welt um ihn her war verzaubert und er keines Gedankens, keiner Erinnerung mächtig.

Eine krummgebückte Alte schlich hustend mit einer Krücke den Hügel heran. „Bringst du mir meinen Vogel? Meine Perlen? Meinen Hund?“, schrie sie ihm entgegen. „Siehe, das Unrecht bestraft sich selbst: Niemand als ich war dein Freund Walther, dein Hugo.“ –

„Gott im Himmel!“, sagte Eckbert stille vor sich hin – „in welcher entsetzlichen Einsamkeit hab ich dann mein Leben hingebracht!“ –

„Und Bertha war deine Schwester.“

Eckbert fiel zu Boden.

„Warum verließ sie mich tückisch? Sonst hätte sich alles gut und schön geendet, ihre Probezeit war ja schon vorüber. Sie war die Tochter eines Ritters, die er bei einem Hirten erziehn ließ, die Tochter deines Vaters.“

„Warum hab ich diesen schrecklichen Gedanken immer geahndet?“, rief Eckbert aus.

„Weil du in früher Jugend deinen Vater einst davon erzählen hörtest; er durfte seiner Frau wegen diese Tochter nicht bei sich erziehn lassen, denn sie war von einem andern Weibe.“ –

Eckbert lag wahnsinnig und verscheidend auf dem Boden; dumpf und verworren hörte er die Alte sprechen, den Hund bellen und den Vogel sein Lied wiederholen.

DER RUNENBERG

Ein junger Jäger saß im innersten Gebürge nachdenkend bei einem Vogelherde, indem das Rauschen der Gewässer und des Waldes in der Einsamkeit tönte. Er bedachte sein Schicksal, wie er so jung sei und Vater und Mutter, die wohlbekannte Heimat und alle Befreundeten seines Dorfes verlassen hatte, um eine fremde Umgebung zu suchen, um sich aus dem Kreise der wiederkehrenden Gewöhnlichkeit zu entfernen, und er blickte mit einer Art von Verwunderung auf, dass er sich nun in diesem Tale, in dieser Beschäftigung wiederfand. Große Wolken zogen durch den Himmel und verloren sich hinter den Bergen, Vögel sangen aus den Gebüschen und ein Widerschall antwortete ihnen. Er stieg langsam den Berg hinunter und setzte sich an den Rand eines Baches nieder, der über vorragendes Gestein schäumend murmelte. Er hörte auf die wechselnde Melodie des Wassers, und es schien, als wenn ihm die Wogen in unverständlichen Worten tausend Dinge sagten, die ihm so wichtig waren, und er musste sich innig betrüben, dass er ihre Reden nicht verstehen konnte. Wieder sah er dann umher und ihm dünkte, er sei froh und glücklich; so fasste er wieder neuen Mut und sang mit lauter Stimme einen Jägergesang.

„Froh und lustig zwischen Steinen
Geht der Jüngling auf die Jagd,
Seine Beute muss erscheinen
In den grünlebend'gen Hainen,
Sucht er auch bis in die Nacht.

Seine treuen Hunde bellen
Durch die schöne Einsamkeit,
Durch den Wald die Hörner gellen,
Dass die Herzen mutig schwellen:
O du schöne Jägerzeit!

Seine Heimat sind die Klüfte,
Alle Bäume grüßen ihn,
Rauschen strenge Herbsteslüfte
Find't er Hirsch und Reh, die Schlüfte
Muss er jauchzend dann durchziehn.

Lass dem Landmann seine Mühen
Und dem Schiffer nur sein Meer

Keiner sieht in Morgens Frühen
So Auroras Augen glühn,
Hängt der Tau am Grase schwer,

Als wer Jagd, Wild, Wälder kennet
Und Diana lacht ihn an,
Einst das schönste Bild entbrennet
Die er seine Liebste nennet:
O beglückter Jägersmann!"

Während dieses Gesanges war die Sonne tiefer gesunken und breite Schatten fielen durch das enge Tal. Eine kühlende Dämmerung schlich über den Boden weg, und nur noch die Wipfel der Bäume wie die runden Bergspitzen waren vom Schein des Abends vergoldet. Christians Gemüt ward immer trübseliger, er mochte nicht nach seinem Vogelherde zurückkehren, und dennoch mochte er nicht bleiben; es dünkte ihm so einsam und er sehnte sich nach Menschen. Jetzt wünschte er sich die alten Bücher, die er sonst bei seinem Vater gesehn und die er niemals lesen mögen, sooft ihn auch der Vater dazu angetrieben hatte; es fielen ihm die Szenen seiner Kindheit ein, die Spiele mit der Jugend des Dorfes, seine Bekanntschaften unter den Kindern, die Schule, die ihm so drückend gewesen war, und er sehnte sich in alle diese Umgebungen zurück, die er freiwillig verlassen hatte, um sein Glück in unbekannten Gegenden, in Bergen, unter fremden Menschen, in einer neuen Beschäftigung zu finden. Indem es finstrer wurde und der Bach lauter rauschte und das Geflügel der Nacht seine irre Wanderung mit umschweifendem Fluge begann, saß er noch immer missvergnügt und in sich versunken; er hätte weinen mögen, und er war durchaus unentschlossen, was er tun und vornehmen solle. Gedankenlos zog er eine hervorragende Wurzel aus der Erde, und plötzlich hörte er schreckend ein dumpfes Winseln im Boden, das sich unterirdisch in klagenden Tönen fortzog und erst in der Ferne wehmütig verscholl. Der Ton durchdrang sein innerstes Herz, er ergriff ihn, als wenn er unvermutet die Wunde berührt habe, an der der sterbende Leichnam der Natur in Schmerzen verscheiden wolle. Er sprang auf und wollte entfliehen, denn er hatte wohl ehemals von der seltsamen Alrunenwurzel gehört, die beim Ausreißen so herzdurchschneidende Klagetöne von sich gebe, dass der Mensch von ihrem Gewinsel wahnsinnig werden müsse. Indem er fortgehen wollte, stand ein fremder Mann hinter ihm, welcher ihn freundlich ansah und fragte, wohin er wolle. Christian hatte sich Gesellschaft gewünscht, und doch erschrak er von Neuem vor dieser freundlichen Gegenwart. „Wohin so eilig?“, fragte der Fremde noch einmal. Der junge Jäger suchte sich zu sammeln und erzählte, wie ihm plötzlich die Einsamkeit so schrecklich vorgekommen sei, dass er sich habe retten wollen, der Abend sei so dunkel, die grünen Schatten des Waldes so traurig, der Bach spreche in lauter Klagen, die Wolken des Himmels zögen seine Sehnsucht jenseit den Bergen hinüber. „Ihr seid noch jung“, sagte der Fremde, „und könnt wohl die Strenge der Einsamkeit noch nicht ertragen, ich will Euch begleiten, denn Ihr findet doch kein Haus oder Dorf im Umkreis einer Meile, wir mögen unterwegs etwas sprechen und uns erzählen, so verliert Ihr die trüben Gedanken; in einer Stunde kommt der Mond hinter den Bergen hervor, sein Licht wird dann wohl auch Eure Seele lichter machen.“

Sie gingen fort, und der Fremde dünkte dem Jünglinge bald ein alter Bekannter zu sein. „Wie seid Ihr in dieses Gebürge gekommen“, fragte jener, „Ihr seid hier, Eurer Sprache nach, nicht einheimisch.“ – „Ach darüber“, sagte der Jüngling, „ließe sich viel sagen, und doch ist es wieder keiner Rede, keiner Erzählung wert; es hat mich wie mit fremder Gewalt aus dem Kreise meiner Eltern und Verwandten hinweggenommen, mein Geist war seiner selbst nicht mächtig, wie ein Vogel, der in einem Netz gefangen ist und sich vergeblich sträubt, so verstrickt war meine Seele in seltsamen Vorstellungen und Wünschen. Wir wohnten weit von hier in einer Ebene, in der man rund umher keinen Berg, kaum eine Anhöhe erblickte; wenige Bäume schmückten den grünen Plan, aber Wiesen, fruchtbare Kornfelder und Gärten zogen sich hin, so weit das Auge reichen konnte, ein großer Fluss glänzte wie ein mächtiger Geist an den Wiesen und Feldern vorbei. Mein Vater war Gärtner im Schloss und hatte vor, mich ebenfalls zu seiner Beschäftigung zu erziehen; er liebte die Pflanzen und Blumen über alles und konnte sich tagelang unermüdet mit ihrer Wartung und Pflege abgeben. Ja er ging so weit, dass er behauptete, er könne fast mit ihnen sprechen; er lerne von ihrem Wachstum und Gedeihen so wie von der verschiedenen Gestalt und Farbe ihrer Blätter. Mir war die Gartenarbeit zuwider, umso mehr, als mein Vater mir zuredete oder gar mit Drohungen mich zu zwingen versuchte. Ich wollte Fischer werden und machte den Versuch, allein das Leben auf dem Wasser stand mir auch nicht an; ich wurde dann zu einem Handelsmann in die Stadt gegeben und kam auch von ihm bald in das väterliche Haus zurück. Auf einmal hörte ich meinen Vater von Gebürgen erzählen, die er in seiner Jugend bereiset hatte, von den unterirdischen Bergwerken und ihren Arbeitern, von Jägern und ihrer Beschäftigung, und plötzlich erwachte in mir der bestimmteste Trieb, das Gefühl, dass ich nun die für mich bestimmte Lebensweise gefunden habe. Tag und Nacht sann ich und stellte mir hohe Berge, Klüfte und Tannenwälder vor; meine Einbildung erschuf sich ungeheure Felsen, ich hörte in Gedanken das Getöse der Jagd, die Hörner und das Geschrei der Hunde und des Wildes; alle meine Träume waren damit angefüllt und darüber hatte ich nun weder Rast noch Ruhe mehr. Die Ebene, das Schloss, der kleine beschränkte Garten meines Vaters mit den geordneten Blumenbeeten, die enge Wohnung, der weite Himmel, der sich ringsum so traurig ausdehnte und keine Höhe, keinen erhabenen Berg umarmte, alles ward mir noch betrübter und verhasster. Es schien mir, als wenn alle Menschen um mich her in der bejammernswürdigsten Unwissenheit lebten und dass alle ebenso denken und empfinden würden wie ich, wenn ihnen dieses Gefühl ihres Elendes nur ein einziges Mal in ihrer Seele aufginge. So trieb ich mich um, bis ich an einem Morgen den Entschluss fasste, das Haus meiner Eltern auf immer zu verlassen. Ich hatte in meinem Buche Nachrichten vom nächsten großen Gebirge gefunden, Abbildungen einiger Gegenden, und darnach richtete ich meinen Weg ein. Es war im ersten Frühlinge und ich fühlte mich durchaus froh und leicht. Ich eilte, um nur recht bald das Ebene zu verlassen, und an einem Abende sah ich in der Ferne die dunkeln Umrisse des Gebirges vor mir liegen. Ich konnte in der Herberge kaum schlafen, so ungeduldig war ich, die Gegend zu betreten, die ich für meine Heimat ansah; mit dem Frühesten war ich munter und wieder auf der Reise. Nachmittags befand ich mich schon unter den viel geliebten Bergen, und wie ein Trunkner ging ich, stand dann eine Weile, schaute rückwärts und berauschte mich in allen mir fremden und doch so wohlbekannten Gegenständen. Bald verlor ich die Ebene hinter mir aus dem Gesichte, die Waldströme rauschten mir entgegen, Buchen und Eichen brausten mit bewegtem Laube von steilen Abhängen herunter; mein Weg führte mich schwindlichten Abgründen vorüber, blaue Berge standen groß und ehrwürdig im Hintergrunde. Eine neue Welt war mir aufgeschlossen, ich wurde nicht müde. So kam ich nach einigen Tagen, indem ich einen großen Teil des Gebirges durchstreift hatte, zu einem alten Förster, der mich auf mein inständiges Bitten zu sich nahm, um mich in der Kunst der Jägerei zu unterrichten. Jetzt bin ich seit drei Monaten in seinen Diensten. Ich nahm von der Gegend, in der ich meinen Aufenthalt hatte, wie von einem Königreiche Besitz; ich lernte jede Klippe, jede Schluft des Gebirges kennen, ich war in meiner Beschäftigung, wenn wir am frühen Morgen nach dem Walde zogen, wenn wir Bäume im Forste fällten, wenn ich mein Auge und meine Büchse übte, und die treuen Gefährten, die Hunde, zu ihren Geschicklichkeiten abrichtete, überaus glücklich. Jetzt sitze ich seit acht Tagen hier oben auf dem Vogelherde, im einsamsten Gebirge, und am Abend wurde mir heut so traurig zu Sinne wie noch niemals in meinem Leben, ich kam mir so verloren, so ganz unglückselig vor, und noch kann ich mich nicht von dieser trüben Stimmung erholen."

Der fremde Mann hatte aufmerksam zugehört, indem beide durch einen dunkeln Gang des Waldes gewandert waren. Jetzt traten sie ins Freie, und das Licht des Mondes, der oben mit seinen Hörnern über der Bergspitze stand, begrüßte sie freundlich: In unkenntlichen Formen und vielen gesonderten Massen, die der bleiche Schimmer wieder rätselhaft vereinigte, lag das gespaltene Gebirge vor ihnen, im Hintergrunde ein steiler Berg, auf welchem uralte verwitterte Ruinen schauerlich im weißen Lichte sich zeigten. „Unser Weg trennt sich hier", sagte der Fremde, „ich gehe in diese Tiefe hinunter, dort, bei jenem alten Schacht ist meine Wohnung: Die Erze sind meine Nachbarn, die Berggewässer erzählen mir Wunderdinge in der Nacht, dahin kannst du mir doch nicht folgen. Aber siehe dort den Runenberg mit seinem schroffen Mauerwerke, wie schön und anlockend das alte Gestein zu uns herblickt! Bist du niemals dorten gewesen?" „Niemals", sagte der junge Christian, „ich hörte einmal meinen alten Förster wundersame Dinge von diesem Berge erzählen, die ich töricht genug wieder vergessen habe, aber ich erinnere mich, dass mir an jenem Abend grauenhaft zumute war. Ich möchte wohl einmal die Höhe besteigen, denn die Lichter sind dort am schönsten, das Gras muss dorten recht grün sein, die Welt umher recht seltsam, auch mag sich's wohl treffen, dass man noch manch Wunder aus der alten Zeit da oben fände."

„Es kann fast nicht fehlen", sagte jener, „wer nur zu suchen versteht, wessen Herz recht innerlich hingezogen wird, der findet uralte Freunde dort und Herrlichkeiten, alles, was er am eifrigsten wünscht." – Mit diesen Worten stieg der Fremde schnell hinunter, ohne seinem Gefährten Lebewohl zu sagen, bald war er im Dickicht des Gebüsches verschwunden, und kurz nachher verhallte auch der Tritt seiner Füße. Der junge Jäger war nicht verwundert, er verdoppelte nur seine Schritte nach dem Runenberge zu, alles winkte ihm dorthin, die Sterne schienen dorthin zu leuchten, der Mond wies mit einer hellen Straße nach den Trümmern, lichte Wolken zogen hinauf, und aus der Tiefe redeten ihm Gewässer und rauschende Wälder zu und sprachen ihm Mut ein. Seine Schritte waren wie beflügelt, sein Herz klopfte, er fühlte eine so große Freudigkeit in seinem Innern, dass sie zu einer Angst emporwuchs. – Er kam in Gegenden, in denen er nie gewesen war, die Felsen wurden steiler, das Grün verlor sich, die kahlen Wände riefen ihn wie mit zürnenden Stimmen an, und ein einsam klagender Wind jagte ihn vor sich her. So eilte er ohne Stillstand fort und kam spät nach Mitternacht auf einen schmalen Fußsteig, der hart an einem Abgrunde hinlief. Er achtete nicht auf die Tiefe, die unter ihm gähnte und ihn zu verschlingen drohte, so sehr spornten ihn irre Vorstellungen und unverständliche Wünsche. Jetzt zog ihn der gefährliche Weg neben eine hohe Mauer hin, die sich in den Wolken zu verlieren schien; der Steig ward mit jedem Schritte schmaler, und der Jüngling musste sich an vorragenden Steinen festhalten, um nicht hinunterzustürzen. Endlich konnte er nicht weiter, der Pfad endigte unter einem Fenster, er musste stillstehen und wusste jetzt nicht, ob er umkehren, ob er bleiben solle. Plötzlich sah er ein Licht, das sich hinter dem alten Gemäuer zu bewegen schien. Er sah dem Scheine nach und entdeckte, dass er in einen alten geräumigen Saal blicken konnte, der wunderlich verziert von mancherlei Gesteinen und Kristallen in vielfältigen Schimmern funkelte, die sich geheimnisvoll von dem wandelnden Lichte durcheinanderbewegten, welches eine große weibliche Gestalt trug, die sinnend im Gemache auf und nieder ging. Sie schien nicht den Sterblichen anzugehören, so groß, so mächtig waren ihre Glieder, so streng ihr Gesicht, aber doch dünkte dem entzückten Jünglinge, dass er noch niemals solche Schönheit gesehn oder geahndet habe. Er zitterte und wünschte doch heimlich, dass sie zum Fenster treten und ihn wahrnehmen möchte. Endlich stand sie still, setzte das Licht auf einen kristallenen Tisch nieder, schaute in die Höhe und sang mit durchdringlicher Stimme:

„Wo die Alten weilen,
Dass sie nicht erscheinen?
Die Kristallen weinen,
Von demantnen Säulen
Fließen Tränenquellen,
Töne klingen drein;
In den klaren hellen
Schön durchsicht'gen Wellen
Bildet sich der Schein,
Der die Seelen ziehet,
Dem das Herz erglühet.
Kommt ihr Geister alle
Zu der goldnen Halle,

Hebt aus tiefen Dunkeln
Häupter, welche funkeln!
Macht der Herzen und der Geister,
Die so durstig sind im Sehnen,
Mit den leuchtend schönen Tränen
Allgewaltig euch zum Meister!"

Als sie geendigt hatte, fing sie an sich zu entkleiden, und ihre Gewänder in einen kostbaren Wandschrank zu legen. Erst nahm sie einen goldenen Schleier vom Haupte, und ein langes schwarzes Haar floss in geringelter Fülle bis über die Hüften hinab; dann löste sie das Gewand des Busens, und der Jüngling vergaß sich und die Welt im Anschauen der überirdischen Schönheit. Er wagte kaum zu atmen, als sie nach und nach alle Hüllen löste; nackt schritt sie endlich im Saale auf und nieder, und ihre schweren schwebenden Locken bildeten um sie her ein dunkel wogendes Meer, aus dem wie Marmor die glänzenden Formen des reinen Leibes abwechselnd hervorstrahlten. Nach geraumer Zeit näherte sie sich einem andern goldenen Schranke, nahm eine Tafel heraus, die von vielen eingelegten Steinen, Rubinen, Diamanten und allen Juwelen glänzte, und betrachtete sie lange prüfend. Die Tafel schien eine wunderliche unverständliche Figur mit ihren unterschiedlichen Farben und Linien zu bilden; zuweilen war, nachdem der Schimmer ihm entgegenspiegelte, der Jüngling schmerzhaft geblendet, dann wieder besänftigten grüne und blau spielende Scheine sein Auge: Er aber stand, die Gegenstände mit seinen Blicken verschlingend und zugleich tief in sich selbst versunken. In seinem Innern hatte sich ein Abgrund von Gestalten und Wohllaut, von Sehnsucht und Wollust aufgetan, Scharen von beflügelten Tönen und wehmütigen und freudigen Melodien zogen durch sein Gemüt, das bis auf den Grund bewegt war: Er sah eine Welt von Schmerz und Hoffnung in sich aufgehen, mächtige Wunderfelsen von Vertrauen und trotzender Zuversicht, große Wasserströme, wie voll Wehmut fließend. Er kannte sich nicht wieder und erschrak, als die Schöne das Fenster öffnete, ihm die magische steinerne Tafel reichte und die wenigen Worte sprach: „Nimm dieses zu meinem Angedenken!" Er fasste die Tafel und fühlte die Figur, die unsichtbar sogleich in sein Inneres überging, und das Licht und die mächtige Schönheit und der seltsame Saal waren verschwunden. Wie eine dunkele Nacht mit Wolkenvorhängen fiel es in sein Inneres hinein, er suchte nach seinen vorigen Gefühlen, nach jener Begeisterung und unbegreiflichen Liebe, er beschaute die kostbare Tafel, in welcher sich der untersinkende Mond schwach und bläulich spiegelte.

Noch hielt er die Tafel fest in seine Hände gepresst, als der Morgen graute und er erschöpft, schwindelnd und halb schlafend die steile Höhe hinunterstürzte. –

Die Sonne schien dem betäubten Schläfer auf sein Gesicht, der sich erwachend auf einem anmutigen Hügel wiederfand. Er sah umher, und erblickte weit hinter sich und kaum noch kennbar am äußersten Horizont die Trümmer des Runenberges: Er suchte nach jener Tafel, und fand sie nirgend. Erstaunt und verwirrt wollte er sich sammeln und seine Erinnerungen anknüpfen, aber sein Gedächtnis war wie mit einem wüsten Nebel angefüllt, in welchem sich formlose Gestalten wild und unkenntlich durcheinanderbewegten. Sein ganzes voriges Leben lag wie in einer tiefen Ferne hinter ihm; das Seltsamste und das Gewöhnliche war so ineinander vermischt, dass er es unmöglich sondern konnte. Nach langem Streite mit sich selbst glaubte er endlich, ein Traum oder ein plötzlicher Wahnsinn habe ihn in dieser Nacht befallen, nur begriff er immer nicht, wie er sich so weit in eine fremde entlegene Gegend habe verirren können.

Noch fast schlaftrunken stieg er den Hügel hinab und geriet auf einen gebahnten Weg, der ihn vom Gebirge hinunter in das flache Land führte. Alles war ihm fremd, er glaubte anfangs, er würde in seine Heimat gelangen, aber er sah eine ganz verschiedene Gegend und vermutete endlich, dass er sich jenseit der südlichen Grenze des Gebirges befinden müsse, welches er im Frühling von Norden her betreten hatte. Gegen Mittag stand er über einem Dorfe, aus dessen Hütten ein friedlicher Rauch in die Höhe stieg, Kinder spielten auf einem grünen Platze festtäglich geputzt, und aus der kleinen Kirche erscholl der Orgelklang und das Singen der Gemeine. Alles ergriff ihn mit unbeschreiblich süßer Wehmut, alles rührte ihn so herzlich, dass er weinen musste. Die engen Gärten, die kleinen Hütten mit ihren rauchenden Schornsteinen, die gerade abgeteilten Kornfelder erinnerten ihn an die Bedürftigkeit des armen Menschengeschlechts, an seine Abhängigkeit vom freundlichen Erdboden, dessen Milde es sich vertrauen muss; dabei erfüllte der Gesang und der Ton der Orgel sein Herz mit einer nie gefühlten Frömmigkeit. Seine Empfindungen und Wünsche der Nacht erschienen ihm ruchlos und frevelhaft, er wollte sich wieder kindlich, bedürftig und demütig an die Menschen wie an seine Brüder anschließen und sich von den gottlosen Gefühlen und Vorsätzen entfernen. Reizend und anlockend dünkte ihm die Ebene mit dem kleinen Fluss, der sich in mannigfaltigen Krümmungen um Wiesen und Gärten schmiegte; mit Furcht gedachte er an seinen Aufenthalt in dem einsamen Gebirge und zwischen den wüsten Steinen, er sehnte sich, in diesem friedlichen Dorfe wohnen zu dürfen, und trat mit diesen Empfindungen in die menschenerfüllte Kirche.

Der Gesang war eben beendigt und der Priester hatte seine Predigt begonnen, von den Wohltaten Gottes in der Ernte: wie seine Güte alles speiset und sättiget, was lebt, wie wunderbar im Getreide für die Erhaltung des Menschengeschlechtes gesorgt sei, wie die Liebe Gottes sich unaufhörlich im Brote mitteile und der andächtige Christ so ein unvergängliches Abendmahl gerührt feiern könne. Die Gemeine war erbaut, des Jägers Blicke ruhten auf dem frommen Redner und bemerkten dicht neben der Kanzel ein junges Mädchen, das vor allen andern der Andacht und Aufmerksamkeit hingegeben schien. Sie war schlank und blond, ihr blaues Auge glänzte von der durchdringendsten Sanftheit, ihr Antlitz war wie durchsichtig und in den zartesten Farben blühend. Der fremde Jüngling hatte sich und sein Herz noch niemals so empfunden, so voll Liebe und so beruhigt, so den stillsten und erquickendsten Gefühlen hingegeben. Er beugte sich weinend, als der Priester endlich den Segen sprach, er fühlte sich bei den heiligen Worten wie von einer unsichtbaren Gewalt durchdrungen und das Schattenbild der Nacht in die tiefste Entfernung wie ein Gespenst hinabgerückt. Er verließ die Kirche, verweilte unter einer großen Linde und dankte Gott in einem inbrünstigen Gebete, dass er ihn ohne sein Verdienst wieder aus den Netzen des bösen Geistes befreit habe.

Das Dorf feierte an diesem Tage das Erntefest und alle Menschen waren fröhlich gestimmt; die geputzten Kinder freuten sich auf die Tänze und Kuchen, die jungen Burschen richteten auf dem Platze im Dorfe, der von jungen Bäumen umgeben war, alles zu ihrer herbstlichen Festlichkeit ein, die Musikanten saßen und probierten ihre Instrumente. Christian ging noch einmal in das Feld hinaus, um sein Gemüt zu sammeln und seinen Betrachtungen nachzuhängen, dann kam er in das Dorf zurück, als sich schon alles zur Fröhlichkeit und zur Begehung des Festes vereiniget hatte. Auch die blonde Elisabeth war mit ihren Eltern zugegen, und der Fremde mischte sich in den frohen Haufen. Elisabeth tanzte, und er hatte unterdes bald mit dem Vater ein Gespräch angesponnen, der ein Pachter war und einer der reichsten Leute im Dorfe. Ihm schien die Jugend und das Gespräch des fremden Gastes zu gefallen, und so wurden sie in kurzer Zeit dahin einig, dass Christian als Gärtner bei ihm einziehen solle. Dieser konnte es unternehmen, denn er hoffte, dass ihm nun die Kenntnisse und Beschäftigungen zustatten kommen würden, die er in seiner Heimat so sehr verachtet hatte.

Jetzt begann ein neues Leben für ihn. Er zog bei dem Pachter ein und ward zu dessen Familie gerechnet; mit seinem Stande veränderte er auch seine Tracht. Er war so gut, so dienstfertig und immer freundlich, er stand seiner Arbeit so fleißig vor, dass ihm bald alle im Hause, vorzüglich aber die Tochter, gewogen wurden. Sooft er sie am Sonntage zur Kirche gehn sah, hielt er ihr einen schönen Blumenstrauß in Bereitschaft, für den sie ihm mit errötender Freundlichkeit dankte; er vermisste sie, wenn er sie an einem Tage nicht sah, dann erzählte sie ihm am Abend Märchen und lustige Geschichten. Sie wurden sich immer notwendiger, und die Alten, welche es bemerkten, schienen nichts dagegen zu haben, denn Christian war der fleißigste und schönste Bursche im Dorfe; sie selbst hatten vom ersten Augenblick einen Zug der Liebe und Freundschaft zu ihm gefühlt. Nach einem halben Jahre war Elisabeth seine Gattin. Es war wieder Frühling, die Schwalben und die Vögel des Gesanges kamen in das Land, der Garten stand in seinem schönsten Schmuck, die Hochzeit wurde mit aller Fröhlichkeit gefeiert, Braut und Bräutigam schienen trunken von ihrem Glücke. Am Abend spät, als sie in die Kammer gingen, sagte der junge Gatte zu seiner Geliebten: „Nein, nicht jenes Bild bist du, welches mich einst im Traum entzückte und das ich niemals ganz vergessen kann, aber doch bin ich glücklich in deiner Nähe und selig in deinen Armen."

Wie vergnügt war die Familie, als sie nach einem Jahre durch eine kleine Tochter vermehrt wurde, welche man Leonora nannte. Christian wurde zwar zuweilen etwas ernster, indem er das Kind betrachtete, aber doch kam seine jugendliche Heiterkeit immer wieder zurück. Er gedachte kaum noch seiner vorigen Lebensweise, denn er fühlte sich ganz einheimisch und befriedigt. Nach einigen Monaten fielen ihm aber seine Eltern in die Gedanken, und wie sehr sich besonders sein Vater über sein ruhiges Glück, über seinen Stand als Gärtner und Landmann freuen würde; es ängstigte ihn, dass er Vater und Mutter seit so langer Zeit ganz hatte vergessen können, sein einziges Kind erinnerte ihn, welche Freude die Kinder den Eltern sind, und so beschloss er dann endlich, sich auf die Reise zu machen und seine Heimat wieder zu besuchen.

Ungern verließ er seine Gattin; alle wünschten ihm Glück, und er machte sich in der schönen Jahreszeit zu Fuß auf den Weg. Er fühlte schon nach wenigen Stunden, wie ihn das Scheiden peinige, zum ersten Mal empfand er in seinem Leben die Schmerzen der Trennung; die fremden Gegenstände erschienen ihm fast wild, ihm war, als sei er in einer feindseligen Einsamkeit verloren. Da kam ihm der Gedanke, dass seine Jugend vorüber sei, dass er eine Heimat gefunden, zu der er gehöre, in die sein Herz Wurzel geschlagen habe; er war fast im Begriff, den verlornen Leichtsinn der vorigen Jahre zu beklagen, und es war ihm äußerst trübselig zumute, als er für die Nacht auf einem Dorfe in dem Wirtshause einkehren musste. Er begriff nicht, warum er sich von seiner freundlichen Gattin und den erworbenen Eltern entfernt habe, und verdrießlich und murrend machte er sich am Morgen auf den Weg, um seine Reise fortzusetzen.

Seine Angst nahm zu, indem er sich dem Gebirge näherte, die fernen Ruinen wurden schon sichtbar und traten nach und nach kenntlicher hervor, viele Bergspitzen hoben sich abgerundet aus dem blauen Nebel. Sein Schritt wurde zaghaft, er blieb oft stehen und verwunderte sich über seine Furcht, über die Schauer, die ihm mit jedem Schritte gedrängter nahe kamen. „Ich kenne dich Wahnsinn wohl“, rief er aus, „und dein gefährliches Locken, aber ich will dir männlich widerstehn! Elisabeth ist kein schnöder Traum, ich weiß, dass sie jetzt an mich denkt, dass sie auf mich wartet und liebevoll die Stunden meiner Abwesenheit zählt. Sehe ich nicht schon Wälder wie schwarze Haare vor mir? Schauen nicht aus dem Bache die blitzenden Augen nach mir her? Schreiten die großen Glieder nicht aus den Bergen auf mich zu?“ – Mit diesen Worten wollte er sich, um auszuruhen, unter einen Baum niederwerfen, als er im Schatten desselben einen alten Mann sitzen sah, der mit der größten Aufmerksamkeit eine Blume betrachtete, sie bald gegen die Sonne hielt, bald wieder mit seiner Hand beschattete, ihre Blätter zählte, und überhaupt sich bemühte, sie seinem Gedächtnisse genau einzuprägen. Als er näher ging, erschien ihm die Gestalt so bekannt, und bald blieb ihm kein Zweifel übrig, dass der Alte mit der Blume sein Vater sei. Er stürzte ihm mit dem Ausdruck der heftigsten Freude in die Arme; jener war vergnügt, aber nicht überrascht, ihn so plötzlich wiederzusehen. „Kömmst du mir schon entgegen, mein Sohn?“, sagte der Alte, „ich wusste, dass ich dich bald finden würde, aber ich glaubte nicht, dass mir schon am heutigen Tage die Freude widerfahren sollte.“ – „Woher wusstet Ihr, Vater, dass Ihr mich antreffen würdet?“ – „An dieser Blume“, sprach der alte Gärtner; „seit ich lebe, habe ich mir gewünscht, sie einmal sehen zu können, aber niemals ist es mir so gut geworden, weil sie sehr selten ist und nur in Gebirgen wächst: Ich machte mich auf, dich zu suchen, weil deine Mutter gestorben ist und mir zu Hause die Einsamkeit zu drückend und trübselig war. Ich wusste nicht, wohin ich meinen Weg richten sollte, endlich wanderte ich durch das Gebirge, so traurig mir auch die Reise vorkam; ich suchte beiher nach der Blume, konnte sie aber nirgends entdecken, und nun finde ich sie ganz unvermutet hier, wo schon die schöne Ebene sich ausstreckt, daraus wusste ich, dass ich dich bald finden müsste, und sieh, wie die liebe Blume mir geweissagt hat!“ Sie umarmten sich wieder, und Christian beweinte seine Mutter; der Alte aber fasste seine Hand und sagte: „Lass uns gehen, dass wir die Schatten des Gebirges bald aus den Augen verlieren, mir ist immer noch weh ums Herz von den steilen wilden Gestalten, von dem grässlichen Geklüft, von den schluchzenden Wasserbächen; lass uns das gute, fromme, ebene Land besuchen.“

Sie wanderten zurück, und Christian ward wieder froher. Er erzählte seinem Vater von seinem neuen Glücke, von seinem Kinde und seiner Heimat; sein Gespräch machte ihn selbst wie trunken, und er fühlte im Reden erst recht, wie nichts mehr zu seiner Zufriedenheit ermangle. So kamen sie unter Erzählungen, traurigen und fröhlichen, in dem Dorfe an. Alle waren über die frühe Beendigung der Reise vergnügt, am meisten Elisabeth. Der alte Vater zog zu ihnen und gab sein kleines Vermögen in ihre Wirtschaft; sie bildeten den zufriedensten und einträchtigsten Kreis von Menschen. Der Acker gedieh, der Viehstand mehrte sich, Christians Haus wurde in wenigen Jahren eins der ansehnlichsten im Orte; auch sah er sich bald als den Vater von mehreren Kindern.

Fünf Jahre waren auf diese Weise verflossen, als ein Fremder auf seiner Reise in ihrem Dorfe einkehrte und in Christians Hause, weil es die ansehnlichste Wohnung war, seinen Aufenthalt nahm. Er war ein freundlicher, gesprächiger Mann, der vieles von seinen Reisen erzählte, der mit den Kindern spielte und ihnen Geschenke machte und dem in Kurzem alle gewogen waren. Es gefiel ihm so wohl in der Gegend, dass er sich einige Tage hier aufhalten wollte; aber aus den Tagen wurden Wochen und endlich Monate. Keiner wunderte sich über die Verzögerung, denn alle hatten sich schon daran gewöhnt, ihn mit zur Familie zu zählen. Christian saß nur oft nachdenklich, denn es kam ihm vor, als kenne er den Reisenden schon von ehemals, und doch konnte er sich keiner Gelegenheit erinnern, bei welcher er ihn gesehen haben möchte. Nach dreien Monaten nahm der Fremde endlich Abschied und sagte: „Liebe Freunde, ein wunderbares Schicksal und seltsame Erwartungen treiben mich in das nächste Gebirge hinein, ein zaubervolles Bild, dem ich nicht widerstehen kann, lockt mich; ich verlasse euch jetzt, und ich weiß nicht, ob ich wieder zu euch zurückkommen werde; ich habe eine Summe Geldes bei mir, die in euren Händen sicherer ist als in den meinigen, und deshalb bitte ich euch, sie zu verwahren, komme ich in Jahresfrist nicht zurück, so behaltet sie und nehmet sie als einen Dank für eure mir bewiesene Freundschaft an."

So reiste der Fremde ab, und Christian nahm das Geld in Verwahrung. Er verschloss es sorgfältig und sah aus übertriebener Ängstlichkeit zuweilen wieder nach, zählte es über, ob nichts davon fehle, und machte sich viel damit zu tun. „Diese Summe könnte uns recht glücklich machen", sagte er einmal zu seinem Vater, „wenn der Fremde nicht zurückkommen sollte, für uns und unsre Kinder wäre auf immer gesorgt." „Lass das Gold", sagte der Alte, „darinne liegt das Glück nicht, uns hat bisher noch gottlob nichts gemangelt, und entschlage dich überhaupt dieser Gedanken."

Oft stand Christian in der Nacht auf, um die Knechte zur Arbeit zu wecken und selbst nach allem zu sehn; der Vater war besorgt, dass er durch übertriebenen Fleiß seiner Jugend und Gesundheit schaden möchte: Daher machte er sich in einer Nacht auf, um ihn zu ermahnen, seine übertriebene Tätigkeit einzuschränken, als er ihn zu seinem Erstaunen bei einer kleinen Lampe am Tische sitzend fand, indem er wieder mit der größten Emsigkeit die Goldstücke zählte. „Mein Sohn", sagte der Alte mit Schmerzen, „soll es dahin mit dir kommen, ist dieses verfluchte Metall nur zu unserm Unglück unter dieses Dach gebracht? Besinne dich, mein Lieber, so muss dir der böse Feind Blut und Leben verzehren." – „Ja", sagte Christian, „ich verstehe mich selber nicht mehr, weder bei Tage noch in der Nacht lässt es mir Ruhe; seht, wie es mich jetzt wieder anblickt, dass mir der rote Glanz tief in mein Herz hineingeht! Horcht, wie es klingt, dies güldene Blut! das ruft mich, wenn ich schlafe, ich höre es, wenn Musik tönt, wenn der Wind bläst, wenn Leute auf der Gasse sprechen; scheint die Sonne, so sehe ich nur diese gelben Augen, wie es mir zublinzelt und mir heimlich ein Liebeswort ins Ohr sagen will: So muss ich mich wohl nächtlicherweise aufmachen, um nur seinem Liebesdrang genugzutun, und dann fühle ich es innerlich jauchzen und frohlocken, wenn ich es mit meinen Fingern berühre, es wird vor Freuden immer röter und herrlicher; schaut nur selbst die Glut der Entzückung an!" – Der Greis nahm schaudernd und weinend den Sohn in seine Arme, betete und sprach dann: „Christel, du musst dich wieder zum Worte Gottes wenden, du musst fleißiger und andächtiger in die Kirche gehen, sonst wirst du verschmachten und im traurigsten Elende dich verzehren."

Das Geld wurde wieder weggeschlossen, Christian versprach sich zu ändern und in sich zu gehn, und der Alte ward beruhigt. Schon war ein Jahr und mehr vergangen, und man hatte von dem Fremden noch nichts wieder in Erfahrung bringen können; der Alte gab nun endlich den Bitten seines Sohnes nach, und das zurückgelassene Geld wurde in Ländereien und auf andere Weise angelegt. Im Dorfe wurde bald von dem Reichtum des jungen Pachters gesprochen, und Christian schien außerordentlich zufrieden und vergnügt, sodass der Vater sich glücklich pries, ihn so wohl und heiter zu sehn: Alle Furcht war jetzt in seiner Seele verschwunden. Wie sehr musste er daher erstaunen, als ihn an einem Abend Elisabeth beiseitnahm und unter Tränen erzählte, wie sie ihren Mann nicht mehr verstehe, er spreche so irre, vorzüglich des Nachts, er träume schwer, gehe oft im Schlafe lange in der Stube herum, ohne es zu wissen, und erzähle wunderbare Dinge, vor denen sie oft schaudern müsse. Am schrecklichsten sei ihr seine Lustigkeit am Tage, denn sein Lachen sei so wild und frech, sein Blick irre und fremd. Der Vater erschrak und die betrübte Gattin fuhr fort: „Immer spricht er von dem Fremden und behauptet, dass er ihn schon sonst gekannt habe, denn dieser fremde Mann sei eigentlich ein wunderschönes Weib; auch will er gar nicht mehr auf das Feld hinaus gehn oder im Garten arbeiten, denn er sagt, er höre ein unterirdisches fürchterliches Ächzen, sowie er nur eine Wurzel ausziehe; er fährt zusammen und scheint sich vor allen Pflanzen und Kräutern wie vor Gespenstern zu entsetzen." – „Allgütiger Gott!", rief der Vater aus, „ist der fürchterliche Hunger in ihn schon so fest hineingewachsen, dass es dahin hat kommen können? So ist sein verzaubertes Herz nicht menschlich mehr, sondern von kaltem Metall; wer keine Blume mehr liebt, dem ist alle Liebe und Gottesfurcht verloren."

Am folgenden Tage ging der Vater mit dem Sohne spazieren und sagte ihm manches wieder, was er von Elisabeth gehört hatte; er ermahnte ihn zur Frömmigkeit und dass er seinen Geist heiligen Betrachtungen widmen solle. Christian sagte: „Gern, Vater, auch ist mir oft ganz wohl, und es gelingt mir alles gut; ich kann auf lange Zeit, auf Jahre, die wahre Gestalt meines Innern vergessen und gleichsam ein fremdes Leben mit Leichtigkeit führen: Dann geht aber plötzlich wie ein neuer Mond das regierende Gestirn, welches ich selber bin, in meinem Herzen auf und besiegt die fremde Macht. Ich könnte ganz froh sein, aber einmal, in einer seltsamen Nacht, ist mir durch die Hand ein geheimnisvolles Zeichen tief in mein Gemüt hineingeprägt; oft schläft und ruht die magische Figur, ich meine, sie ist vergangen, aber dann quillt sie wie ein Gift plötzlich wieder hervor und wegt sich in allen Linien. Dann kann ich sie nur denken und fühlen, und alles umher ist verwandelt oder vielmehr von dieser Gestaltung verschlungen worden. Wie der Wahnsinnige beim Anblick des Wassers sich entsetzt und das empfangene Gift noch giftiger in ihm wird, so geschieht es mir bei allen eckigen Figuren, bei jeder Linie, bei jedem Strahl, alles will dann die innewohnende Gestalt entbinden und zur Geburt befördern, und mein Geist und Körper fühlt die Angst; wie sie das Gemüt durch ein Gefühl von außen empfing, so will es sie dann wieder quälend und ringend zum äußern Gefühl hinausarbeiten, um ihrer los und ruhig zu werden."

„Ein unglückliches Gestirn war es", sprach der Alte, „das dich von uns hinwegzog; du warst für ein stilles Leben geboren, dein Sinn neigte sich zur Ruhe und zu den Pflanzen, da führte dich deine Ungeduld hinweg, in die Gesellschaft der verwilderten Steine: Die Felsen, die zerrissenen Klippen mit ihren schroffen Gestalten haben dein Gemüt zerrüttet und den verwüstenden Hunger nach dem Metall in dich gepflanzt. Immer hättest du dich vor dem Anblick des Gebirges hüten und bewahren müssen, und so dachte ich dich auch zu erziehen, aber es hat nicht sein sollen. Deine Demut, deine Ruhe, dein kindlicher Sinn ist von Trotz, Wildheit und Übermut verschüttet."

„Nein", sagte der Sohn, „ich erinnere mich ganz deutlich, dass mir eine Pflanze zuerst das Unglück der ganzen Erde bekannt gemacht hat, seitdem verstehe ich erst die Seufzer und Klagen, die allenthalben in der ganzen Natur vernehmbar sind, wenn man nur darauf hören will; in den Pflanzen, Kräutern, Blumen und Bäumen regt und bewegt sich schmerzhaft nur eine große Wunde, sie sind der Leichnam vormaliger herrlicher Steinwelten, sie bieten unserm Auge die schrecklichste Verwesung dar. Jetzt verstehe ich es wohl, dass es dies war, was mir jene Wurzel mit ihrem tief geholten Ächzen sagen wollte, sie vergaß sich in ihrem Schmerze und verriet mir alles. Darum sind alle grünen Gewächse so erzürnt auf mich und stehn mir nach dem Leben; sie wollen jene geliebte Figur in meinem Herzen auslöschen und in jedem Frühling mit ihrer verzerrten Leichenmiene meine Seele gewinnen. Unerlaubt und tückisch ist es, wie sie dich, alter Mann, hintergangen haben, denn von deiner Seele haben sie gänzlich Besitz genommen. Frage nur die Steine, du wirst erstaunen, wenn du sie reden hörst."

Der Vater sah ihn lange an und konnte ihm nichts mehr antworten. Sie gingen schweigend zurück nach Hause, und der Alte musste sich jetzt ebenfalls vor der Lustigkeit seines Sohnes entsetzen, denn sie dünkte ihm ganz fremdartig, und als wenn ein andres Wesen aus ihm, wie aus einer Maschine, unbeholfen und ungeschickt herausspiele. –

Das Erntefest sollte wieder gefeiert werden, die Gemeine ging in die Kirche, und auch Elisabeth zog sich mit den Kindern an, um dem Gottesdienste beizuwohnen; ihr Mann machte auch Anstalten, sie zu begleiten, aber noch vor der Kirchentür kehrte er um und ging tiefsinnend vor das Dorf hinaus. Er setzte sich auf die Anhöhe und sahe wieder die rauchenden Dächer unter sich, er hörte den Gesang und Orgelton von der Kirche her, geputzte Kinder tanzten und spielten auf dem grünen Rasen. „Wie habe ich mein Leben in einem Traume verloren!“, sagte er zu sich selbst; „Jahre sind verflossen, dass ich von hier hinunterstieg, unter die Kinder hinein; die damals hier spielten sind heute dort ernsthaft in der Kirche; ich trat auch in das Gebäude, aber heut ist Elisabeth nicht mehr ein blühendes kindliches Mädchen, ihre Jugend ist vorüber, ich kann nicht mit der Sehnsucht wie damals den Blick ihrer Augen aufsuchen: So habe ich mutwillig ein hohes ewiges Glück aus der Acht gelassen, um ein vergängliches und zeitliches zu gewinnen.“

Er ging sehnsuchtsvoll nach dem benachbarten Walde und vertiefte sich in seine dichtesten Schatten. Eine schauerliche Stille umgab ihn, keine Luft rührte sich in den Blättern. Indem sah er einen Mann von ferne auf sich zukommen, den er für den Fremden erkannte; er erschrak, und sein erster Gedanke war, jener würde sein Geld von ihm zurückfordern. Als die Gestalt etwas näher kam, sah er, wie sehr er sich geirrt hatte, denn die Umrisse, welche er wahrzunehmen gewähnt, zerbrachen wie in sich selber; ein altes Weib von der äußersten Hässlichkeit kam auf ihn zu, sie war in schmutzige Lumpen gekleidet, ein zerrissenes Tuch hielt einige greise Haare zusammen, sie hinkte an einer Krücke. Mit fürchterlicher Stimme redete sie Christian an und fragte nach seinem Namen und Stande, er antwortete ihr umständlich und sagte darauf: „Aber wer bist du?“ „Man nennt mich das Waldweib“, sagte jene, „und jedes Kind weiß von mir zu erzählen; hast du mich niemals gekannt?“ Mit den letzten Worten wandte sie sich um, und Christian glaubte zwischen den Bäumen den goldenen Schleier, den hohen Gang, den mächtigen Bau der Glieder wiederzuerkennen. Er wollte ihr nacheilen, aber seine Augen fanden sie nicht mehr.

Indem zog etwas Glänzendes seine Blicke in das grüne Gras nieder. Er hob es auf und sahe die magische Tafel mit den farbigen Edelgesteinen, mit der seltsamen Figur wieder, die er vor so manchem Jahr verloren hatte. Die Gestalt und die bunten Lichter drückten mit der plötzlichsten Gewalt auf alle seine Sinne. Er fasste sie recht fest an, um sich zu überzeugen, dass er sie wieder in seinen Händen halte, und eilte dann damit nach dem Dorfe zurück. Der Vater begegnete ihm. „Seht“, rief er ihm zu, „das, wovon ich Euch so oft erzählt habe, was ich nur im Traum zu sehn glaubte, ist jetzt gewiss und wahrhaftig mein.“ Der Alte betrachtete die Tafel lange und sagte: „Mein Sohn, mir schaudert recht im Herzen, wenn ich die Lineamente dieser Steine betrachte und ahndend den Sinn dieser Wortfügung errate; sieh her, wie kalt sie funkeln, welche grausame Blicke sie von sich geben, blutdürstig, wie das rote Auge des Tigers. Wirf diese Schrift weg, die dich kalt und grausam macht, die dein Herz versteinern muss:

Sieh die zarten Blüten keimen,
Wie sie aus sich selbst erwachen,
Und wie Kinder aus den Träumen
Dir entgegen lieblich lachen.

Ihre Farbe ist im Spielen
Zugekehrt der goldnen Sonne,
Deren heißen Kuss zu fühlen,
Das ist ihre höchste Wonne,

An den Küssen zu verschmachten,
Zu vergehn in Lieb und Wehmut;
Also stehn die eben lachten
Bald verwelkt in stiller Demut.

Das ist ihre höchste Freude,
Im Geliebten sich verzehren,
Sich im Tode zu verklären,
Zu vergehn in süßem Leide.

Dann ergießen sie die Düfte,
Ihre Geister, mit Entzücken,
Es berauschen sich die Lüfte
Im balsamischen Erquicken.

Liebe kommt zum Menschenherzen,
Regt die goldnen Saitenspiele,
Und die Seele spricht: Ich fühle
Was das Schönste sei, wonach ich ziele,
Wehmut, Sehnsucht und der Liebe Schmerzen.“

„Wunderbare, unermessliche Schätze", antwortete der Sohn, „muss es noch in den Tiefen der Erde geben. Wer diese ergründen, heben und an sich reißen könnte! Wer die Erde so wie eine geliebte Braut an sich zu drücken vermöchte, dass sie ihm in Angst und Liebe gern ihr Kostbarstes gönnte! Das Waldweib hat mich gerufen, ich gehe sie zu suchen. Hier nebenan ist ein alter verfallener Schacht, schon vor Jahrhunderten von einem Bergmanne aufgegraben; vielleicht, dass ich sie dort finde."

Er eilte fort. Vergeblich strebte der Alte, ihn zurückzuhalten, jener war seinen Blicken bald entschwunden. Nach einigen Stunden, nach vieler Anstrengung gelangte der Vater an den alten Schacht; er sah die Fußstapfen im Sande am Eingange eingedrückt und kehrte weinend um, in der Überzeugung, dass sein Sohn im Wahnsinn hineingegangen und in alte gesammelte Wässer und Untiefen versunken sei.

Seitdem war er unaufhörlich betrübt und in Tränen. Das ganze Dorf trauerte um den jungen Pachter, Elisabeth war untröstlich, die Kinder jammerten laut. Nach einem halben Jahre war der alte Vater gestorben, Elisabeths Eltern folgten ihm bald nach, und sie musste die große Wirtschaft allein verwalten. Die angehäuften Geschäfte entfernten sie etwas von ihrem Kummer, die Erziehung der Kinder, die Bewirtschaftung des Gutes ließen ihr für Sorge und Gram keine Zeit übrig. So entschloss sie sich nach zwei Jahren zu einer neuen Heirat, sie gab ihre Hand einem jungen heiteren Manne, der sie von Jugend auf geliebt hatte. Aber bald gewann alles im Hause eine andre Gestalt. Das Vieh starb, Knechte und Mägde waren untreu, Scheuren mit Früchten wurden vom Feuer verzehrt, Leute in der Stadt, bei welchen Summen standen, entwichen mit dem Gelde. Bald sah sich der Wirt genötigt, einige Äcker und Wiesen zu verkaufen; aber ein Misswachs und teures Jahr brachten ihn nur in neue Verlegenheit. Es schien nicht anders, als wenn das so wunderbar erworbene Geld auf allen Wegen eine schleunige Flucht suchte; indessen mehrten sich die Kinder, und Elisabeth sowohl als ihr Mann wurden in der Verzweiflung unachtsam und saumselig; er suchte sich zu zerstreuen und trank häufigen und starken Wein, der ihn verdrießlich und jähzornig machte, sodass oft Elisabeth mit heißen Zähren ihr Elend beweinte. So wie ihr Glück wich, zogen sich auch die Freunde im Dorfe von ihnen zurück, sodass sie sich nach einigen Jahren ganz verlassen sahn und sich nur mit Mühe von einer Woche zur andern hinüberfristeten.

Es waren ihnen nur wenige Schafe und eine Kuh übrig geblieben, welche Elisabeth oft selber mit den Kindern hütete. So saß sie einst mit ihrer Arbeit auf dem Anger, Leonore zu ihrer Seite und ein säugendes Kind an der Brust, als sie von ferne herauf eine wunderbare Gestalt kommen sahen. Es war ein Mann in einem ganz zerrissenen Rocke, barfüßig, sein Gesicht schwarzbraun von der Sonne verbrannt, von einem langen struppigen Bart noch mehr entstellt; er trug keine Bedeckung auf dem Kopf, hatte aber von grünem Laube einen Kranz durch sein Haar geflochten, welcher sein wildes Ansehn noch seltsamer und unbegreiflicher machte. Auf dem Rücken trug er in einem fest geschnürten Sack eine schwere Ladung, im Gehen stützte er sich auf eine junge Fichte.

Als er näher kam, setzte er seine Last nieder und holte schwer Atem. Er bot der Frau Guten Tag, die sich vor seinem Anblick entsetzte, das Mädchen schmiegte sich an ihre Mutter. Als er ein wenig geruht hatte, sagte er: „Nun komme ich von einer sehr beschwerlichen Wanderschaft aus dem rauesten Gebirge auf Erden, aber ich habe dafür auch endlich die kostbarsten Schätze mitgebracht, die die Einbildung nur denken oder das Herz sich wünschen kann. Seht hier, und erstaunt!" – Er öffnete hierauf seinen Sack und schüttete ihn aus; dieser war voller Kiesel, unter denen große Stücke Quarz nebst andern Steinen lagen. „Es ist nur", fuhr er fort, „dass diese Juwelen noch nicht poliert und geschliffen sind, darum fehlt es ihnen noch an Auge und Blick; das äußerliche Feuer mit seinem Glanze ist noch zu sehr in ihrem inwendigen Herzen begraben, aber man muss es nur herausschlagen, dass sie sich fürchten, dass keine Verstellung ihnen mehr nützt, so sieht man wohl, wes Geistes Kind sie sind." – Er nahm mit diesen Worten einen harten Stein und schlug ihn heftig gegen einen andern, sodass die roten Funken heraussprangen. „Habt ihr den Glanz gesehen?", rief er aus; „so sind sie ganz Feuer und Licht, sie erhellen das Dunkel mit ihrem Lachen, aber noch tun sie es nicht freiwillig." – Er packte hierauf alles wieder sorgfältig in seinen Sack, welchen er fest zusammenschnürte. „Ich kenne dich recht gut", sagte er dann wehmütig, „du bist Elisabeth." – Die Frau erschrak. „Wie ist dir doch mein Name bekannt?", fragte sie mit ahndendem Zittern. – „Ach, lieber Gott", sagte der Unglückselige, „ich bin ja der Christian, der einst als Jäger zu euch kam, kennst du mich denn nicht mehr?"

Sie wusste nicht, was sie im Erschrecken und tiefstem Mitleiden sagen sollte. Er fiel ihr um den Hals und küsste sie. Elisabeth rief aus: „O Gott! Mein Mann kommt!"

„Sei ruhig", sagte er, „ich bin dir so gut wie gestorben; dort im Walde wartet schon meine Schöne, die Gewaltige, auf mich, die mit dem goldenen Schleier geschmückt ist. Dieses ist mein liebstes

Kind, Leonore. Komm her, mein teures, liebes Herz, und gib mir auch einen Kuss, nur einen einzigen, dass ich einmal wieder deinen Mund auf meinen Lippen fühle, dann will ich euch verlassen."

Leonore weinte; sie schmiegte sich an ihre Mutter, die in Schluchzen und Tränen sie halb zum Wandrer lenkte, halb zog sie dieser zu sich, nahm sie in die Arme und drückte sie an seine Brust. – Dann ging er still fort, und im Walde sahen sie ihn mit dem entsetzlichen Waldweibe sprechen.

„Was ist euch?", fragte der Mann, als er Mutter und Tochter blass und in Tränen aufgelöst fand. Keiner wollte ihm Antwort geben.

Der Unglückliche ward aber seitdem nicht wieder gesehen.

NACHWORT

Ludwig Tieck, der Autor, Herausgeber, Übersetzer und spätere Novellenschreiber, machte sich vor allem als Dichter der Romantik einen Namen. Besonders sein Künstlerroman „Franz Sternbalds Wanderungen", entstanden 1797, und sein Märchen „Der blonde Eckbert" gelten als Musterbeispiele für diese Epoche, in der das Fantastische zu einem zentralen Element der Poetik wurde. „Der blonde Eckbert" entstand 1796 und erschien unter Pseudonym im ersten Band der „Volksmährchen herausgegeben von Peter Leberecht" bei Carl August Nicolai in Berlin. Für die Veröffentlichung 1812 in Band 1 des „Phantasus", einer „Sammlung von Mährchen, Schauspielen und Novellen", nahm Tieck an der Erzählung kleinere Veränderungen vor. In dieser Form wurde sie auch 1828 in den vierten Band der „Schriften" aufgenommen. Das zweite hier abgedruckte Märchen, „Der Runenberg", entstand in einer Nacht im Jahre 1802 und wurde zunächst 1804 im „Taschenbuch für Kunst und Laune" abgedruckt. Es fand ebenso, in leicht veränderter Form, Eingang in den „Phantasus" und 1828 in die „Schriften". Die im „Phantasus" abgedruckten Fassungen liegen heute den meisten Interpretationen zugrunde und sind auch Grundlage dieser Ausgabe.

Obwohl „Der blonde Eckbert" von Tieck als Volksmärchen gedacht war, wird er heute in der Literaturwissenschaft, da eine freie Erfindung des Autors, zumeist in die Kategorie „Kunstmärchen" eingeordnet:

> In der literaturwissenschaftlichen Forschung zur Märchenform hat sich bei allen kritischen Untertönen und Gegenstimmen die Unterscheidung zwischen Volks- und Kunstmärchen durchgehalten [...]. Als ‚Volksmärchen' bezeichnet man die schriftlichen Buchsammlungen von mündlich überlieferten, anonymen Märchen, für die in der Spätaufklärung die Sammlung *Volksmärchen der Deutschen* (1782/86) von Karl August Musäus und für die im Umkreis der Romantik vor allem die *Kinder- und Hausmärchen* (1812/1815) von Jakob und Wilhelm Grimm stehen. [...] Mit dem gattungstypologisch ebenfalls problematischen Begriff des ‚Kunstmärchens' [...] bezeichnet man im engeren Sinne diejenigen Märchen, die als eigenständige Arbeit mit einem namentlich festgelegten Autor verbunden sind. (Kremer, S. 188)

Tieck selbst bezeichnete seine Märchen in der Rahmenhandlung des „Phantasus" als „Natur-Mährchen", in denen sich „das Liebliche mit dem Schrecklichen, das Seltsame mit dem Kindischen" mische (S. 149). Anders als die Volksmärchen der Brüder Grimm finden die Tieck'schen Kunstmärchen kein versöhnliches Ende: „Der blonde Eckbert" endet mit dem Wahnsinn des Helden, in „Der Runenberg" verlässt der Protagonist Christian Heim und Familie, um einem Trugbild nachzulaufen. In der Forschung wurde daher vorgeschlagen, wegen des schaurigen Ausgangs Tiecks „Blonden Eckbert" als „Anti-Märchen" zu klassifizieren. Während das Märchen das Leid überwinde und immer „golden" ende, gebe es bei Tieck keine Zukunft, da Glück und Hoffnung für immer zerstört seien (vgl. Fries, S. 1204–1206). Auch auf die Nähe zur Novelle wurde hingewiesen. Nach Arendt liegt im „Blonden Eckbert" eine Mischform vor, eine „Märchen-Novelle". Die Erzählung beginne ganz im Stil der Novelle, d. h. Ort und Herkunft Eckberts werden genau benannt – er ist ein bestimmter Ritter aus dem Harz –, und erst mit der Einführung der im Wald hausenden Alten und ihrer beiden Gefährten Hund und Vogel öffne sich der Bereich des Wunderbaren, des Märchens (vgl. Arendt, S. 266–269).

Obwohl Tieck seine Märchen erfunden hat und nicht, wie die Brüder Grimm, überlieferte Erzählungen gesammelt und aufgeschrieben hat, lassen sich doch Vorbilder ausfindig machen. Diese liegen vor allem im Bereich der Sage und der Schauerliteratur. Für den „Blonden Eckbert" fanden darüber hinaus zwei Quellen besondere Aufmerksamkeit. Zum einen gab wohl eine Erzählung von Tiecks Mutter, in der von einer alten unheimlichen Frau und ihrem Hund die Rede ist, wichtige Impulse für den „Blonden Eckbert". In seiner Biografie gibt der Freund und Vertraute Ludwig Tiecks, Rudolf Köpke, der für den Dichter eine ähnliche Rolle einnahm wie Johann Peter Eckermann für Goethe, diesen Zusammenhang nach dem Bericht Tiecks wie folgt wieder:

> Von einer alten, unheimlichen Frau in ihrem väterlichen Dorfe erzählte sie, die für die Jugend ein Gegenstand geheimen Schauers gewesen war. [...] Am schrecklichsten erschien sie, wenn ihr einziger Gefährte, der Hund, ihr entsprungen war. Dann stand sie an der Thür und blickte spähend das Dorf hinab, oder lief mit wunderlichen Geberden durch die Straßen und rief mit gellender Stimme nach dem Hunde: „Strameh! Strameh! Strahmeh!" (Köpke I, S. 13)

Zudem bestehen inhaltliche Parallelen mit dem Märchen „Ulrich mit dem Bühel" aus den „Volksmährchen der Deutschen" (1782–1786) von Johann Karl August Musäus (1735–1787). Dieses Märchen ist statt im Harz im Fichtelgebirge angesiedelt. Die Heldin, eine junge Witwe, findet ebenfalls Aufnahme bei einer im Walde wohnenden alten Frau. Diese hat ein Huhn, das goldene Eier legt. Als die Alte eines Tages nicht zurückkehrt, verlässt die Witwe den Wald und macht sich mit dem Huhn auf nach Bamberg, wo sie sich niederlässt.

Im Fall des „Runenberg" übte unter anderem Tiecks Freund Henrik Steffens (1773–1845), ein passionierter Mineraloge und Naturphilosoph, Einfluss auf den Dichter und die Entstehung des Märchens aus. In seiner Autobiografie schreibt Steffens über Eindrücke einer Wanderung durchs Gebirge seiner Heimat Norwegen im Jahre 1794:

> Ein Künstler kann nicht mit größerer Ungeduld die Schätze der Kunst in Rom aufsuchen, als ich die Gebirge, welche mich umgaben. [...] Der Eindruck war ein durchaus fantastischer, und es mag eine lebhafte Darstellung von diesem Eindrucke gewesen sein, welche Tieck veranlaßte, seine Novelle, den Runenberg, zu schreiben, in welcher ein Mensch vorkömmt, der, durch eine geheime Sehnsucht nach den verschlossenen Geheimnissen der wilden Gebirge getrieben, die frucht-

bare Ebene verläßt und, dämonisch verlockt, wahnsinnig wähnt, große Schätze entdeckt zu haben, indem er mühsam einen Sack mit werthlosen Steinen schleppt. Tieck hat gestanden, bei dieser Novelle an mich gedacht zu haben. (Steffens, S. 22f.)

Eine ähnliche Szene, die den Zauber der unterirdischen Bergwelt beschwört, findet sich auch im Bergmannskapitel von Novalis' Roman „Heinrich von Ofterdingen" (1802).

„Der blonde Eckbert" und „Der Runenberg" sind zwei beispielhafte Texte der Frühromantik (ca. 1795–1804), der ersten Phase der Romantik (ca. 1795–1848) mit den literarischen Zentren in Jena und Berlin. Neben Tieck gehörten die Philosophen des deutschen Idealismus, Johann Gottlieb Fichte und Friedrich Wilhelm Joseph Schelling, die Brüder Friedrich und August Wilhelm Schlegel und der früh verstorbene Novalis (Friedrich von Hardenberg) zum engeren Kreis, der sich einer neuen Kunst- und Lebensauffassung verschrieben hatte und dies auch in seinen Werken zum Ausdruck brachte. Beide Märchen Tiecks weisen zahlreiche Merkmale romantischen Erzählens auf, wie das Ineinanderfließen von Traum/Wahnsinn und Realität, romantische Naturbeschreibungen oder die Darstellung des inneren Erlebens der Hauptfiguren. Die romantische Gebirgswelt erscheint dabei als symbolischer Hinweis auf die verborgenen Beweggründe des Menschen. Tieck hat sich also – schon lange vor Freud – auf dichterische Weise mit Themen auseinandergesetzt, die später auch die Tiefenpsychologie beschäftigten. Außerdem ist der Weg zurück ins Mittelalter – Eckbert erscheint als Ritter – typisch für die Epoche der Romantik.

„Der blonde Eckbert" ist Tiecks bekanntestes und meist interpretiertes Märchen. Auch Hermann Hesse (1877–1962) wollte es unter den repräsentativen Werken der Romantik innerhalb seiner „Bibliothek der Weltliteratur" nicht missen (vgl. Hesse, S. 328). Und auch Joseph von Eichendorff (1788–1857), Dichter der Spätromantik (ca. 1815–1848), brachte bereits 1857 in seiner „Geschichte der poetischen Literatur Deutschlands" seine Anerkennung über Tiecks frühe Werke zum Ausdruck. Besonders „Der blonde Eckbert" hatte ihn beeindruckt.

> Eben so künstlerisch hat er die, bei Novalis fast nur allegorische, Mystik des Naturerlebens in das gewöhnliche Menschentreiben zu verflechten gewußt, und gleichsam den Text zu dem wunderbaren Liede jener dunklen Mächte aufgefunden; so im Runenberg, in den Elfen, im Rothkäppchen, und vor allem in dem unvergleichlichen Mährchen vom blonden Eckbert, wo die Natur wie im Traume redet von ihren tiefsten und lieblichsten Geheimnissen. (Eichendorff, S. 342f.)

ZEITTAFEL ZU LUDWIG TIECKS LEBEN UND WERK

1773 Ludwig Tieck wird am 31. Mai in Berlin als Sohn des Seilermeisters Johann Ludwig Tieck und seiner Ehefrau Anna Sophie Tieck, geb. Berukin, geboren. Er hatte eine jüngere Schwester, Sophie (1775–1833), und einen jüngeren Bruder, Friedrich (1776–1851).

1782 Besuch des humanistischen Friedrich-Gymnasiums in Berlin. Unter seinen Mitschülern befinden sich der Beamtensohn Wilhelm Heinrich Wackenroder (1773–1798) und Wilhelm von Burgsdorff (1772–1822), Tiecks späterer Mäzen.

1789 Tiecks erste erhaltene Dichtung *Die Sommernacht* entsteht nach dem Vorbild von Shakespeares (1564–1616) *Sommernachtstraum*. Auch die Dramen des jungen Goethe (1749–1832) und Miguel de Cervantes' (vermutl. 1547–1616) Roman *Don Quijote* faszinieren den jungen Tieck.

1792 Abitur. Tieck schreibt sich in Halle für das Studium der Theologie ein, widmet sich aber fast ausschließlich der Literatur, Altertumswissenschaft und Philosophie. Im Juli Fußwanderung durch den Harz, die für den Stadtmenschen Tieck zu einem überwältigenden Naturerlebnis wird. Die Eindrücke der wildromantischen Landschaft finden später Eingang in den *Blonden Eckbert*. Im Herbst wechselt Tieck gemeinsam mit Burgsdorff an die Göttinger Universität, wo Gottfried August Bürger (1747–1797) und Georg Christoph Lichtenberg (1742–1799) zu seinen Lehrern gehören.

1793 Mit Wackenroder gemeinsames Sommersemester in Erlangen. Sie wandern durch die Fränkische Schweiz, besuchen Nürnberg, Bamberg und Schloss Pommersfelden, unternehmen auch eine Wanderung nach Bayreuth und ins Fichtelgebirge. Tieck entdeckt die altdeutsche Kunst Albrecht Dürers (1471–1528) für sich, die für die Romantiker zum Vorbild wurde.

1794 Abbruch des Studiums und Rückkehr nach Berlin. Entschluss, freier Schriftsteller zu werden.

1795 Um seinen Lebensunterhalt zu finanzieren, veröffentlicht Tieck im Stil der Spätaufklärung verfasste Erzählungen in Friedrich Nicolais Reihe „Straußfedern". *Abdallah*.

1796 Tieck bringt die ironische Lebensbeschreibung *Peter Lebrecht, eine Geschichte ohne Abentheuerlichkeiten* und den Briefroman *Die Geschichte des Herrn William Lovell* zum Abschluss. Im Frühjahr Verlobung mit der Pastorentochter Amalie Alberti (1769–1837). Arbeit an Märchendichtungen, z. B. *Der blonde Eckbert, Prinz Zerbino*.

1797 Die in Zusammenarbeit mit Wackenroder entstandenen *Herzensergießungen eines kunstliebenden Klosterbruders* erscheinen, außerdem die Tragödie *Karl von Berneck*. Unter Pseudonym veröffentlicht Tieck eine Sammlung romantischer Märchen, *Volksmährchen herausgegeben von Peter*

Leberecht, darunter die Geschichte von der *Schönen Magelone*, das Drama *Ritter Blaubart*, die Komödie *Der gestiefelte Kater* und die Märchennovelle *Der blonde Eckbert.* Tieck lernt August Wilhelm Schlegel (1767–1845) kennen.

1798 In Hamburg Vermählung mit Amalie Alberti. Der Künstlerroman *Franz Sternbalds Wanderungen. Eine altdeutsche Geschichte*, entstanden 1797, erscheint. Er wurde das Vorbild für die romantischen Dichtungen Novalis' (1772–1801) und Joseph von Eichendorffs (1788–1857).

1799 Geburt der Tochter Dorothea. In Jena trifft Tieck auf den Kreis der Frühromantiker: die Brüder Friedrich (1772–1829) und August Wilhelm Schlegel (1767–1845), Novalis (eigentlich Friedrich von Hardenberg), Clemens Brentano (1778–1842) sowie die Philosophen Johann Gottlieb Fichte (1762–1814) und Friedrich Wilhelm Joseph Schelling (1775–1854). Er lernt auch Johann Wolfgang Goethe, den er in den folgenden Jahren mehrmals in Weimar besuchen wird, und Friedrich Schiller (1759–1805) kennen. Herausgabe und Erweiterung von Wackenroders († 1798) *Phantasien über die Kunst.* Übersetzung des *Don Quijote* (bis 1801). *Prinz Zerbino oder die Reise nach dem guten Geschmack* erscheint. *Romantische Dichtungen* (2 Teile bis 1800), darin z. B. auch das Märchen *Der getreue Eckart und der Tannhäuser* und *Leben und Tod des kleinen Rothkäppchens.*

1800 Die Schauspiele *Leben und Tod der heiligen Genoveva* und *Die verkehrte Welt* erscheinen.

1801 Tod des Freundes Novalis und Tod der Eltern. Aufgrund finanzieller Sorgen und schlechter Gesundheit zieht Tieck auf Einladung Burgsdorffs auf ein Landgut in Ziebingen bei Frankfurt an der Oder. Er wohnt dort mit Unterbrechungen bis 1819. Der Graf von Finckenstein bewirtschaftet das Gut und Tieck verliebt sich in dessen Tochter Henriette von Finkenstein. *Alma-Sonette.*

1802 Zusammen mit Friedrich Schlegel gibt Tieck die Werke Novalis' heraus. *Der Runenberg* entsteht.

1804 Das Lustspiel *Kaiser Octavianus* erscheint, außerdem im „Taschenbuch für Kunst und Laune“ *Der Runenberg.*

1805–06 Reise nach Rom. Tieck besucht mehrfach die Vatikanische Bibliothek, wo er altdeutsche Schriften ausfindig machen will. *Reisegedichte eines Kranken.* Nach der Rückkehr nach Ziebingen Beschäftigung mit der Literatur des Mittelalters.

1808 In Berlin lernt Tieck Heinrich von Kleist (1777–1811) kennen, dessen Werke er später herausgibt.

1810 Nach Aufenthalten in Wien, München und einem Kuraufenthalt in Baden-Baden kehrt Tieck nach Ziebingen zurück.

1812 Herausgabe des *Phantasus* (bis 1816), einer Sammlung früherer Märchen und Schauspiele, ergänzt um Erzählungen und das Märchenschauspiel *Fortunat.* Auch *Der blonde*

Eckbert und *Der Runenberg* sind in überarbeiteter Fassung enthalten, neu hinzu kommt das Märchen *Die Elfen*.

1813 Nach dem Scheitern von Napoleons Russlandfeldzug reist Tieck nach Prag, um dem Krieg auszuweichen.

1814 Tieck lernt in Berlin E. T. A. Hoffmann (1776–1822) kennen.

1817 Reise nach England, ins Land Shakespeares, zusammen mit Burgsdorff. In Kassel trifft er auf die Brüder Grimm. Rückreise über Paris.

1819 Nach dem Tod Finckensteins zieht Tieck mit seiner Familie und Henriette nach Dresden, wo er bis 1841 bleibt. Er widmet sich fortan der Gattung der Novelle.

1822 *Der Geheimnisvolle*, *Die Gemälde*.

1825 Tieck wird Hofrat und Dramaturg des Hoftheaters.

1826 *Der Aufruhr in den Cevennen* und *Dichterleben* (zweiter Teil 1831).

1827 *Der fünfzehnte November*.

1828 Herausgabe der Werke Jakob Michael Reinhold Lenz' (1751–1792).

1830 *Das Zauberschloss*.

1832 *Der Hexensabbat*.

1835 Tieck beginnt mit der Herausgabe seiner *Gesammelten Novellen*. Bis 1842 erscheinen insgesamt 14 Bände.

1836 *Der junge Tischlermeister*.

1837 Tod der Ehefrau.

1839 Tieck stellt die von August Wilhelm Schlegel begonnene Shakespeare-Übersetzung *Shakespeares dramatische Werke* fertig, an der auch seine Tochter Dorothea und Graf von Baudissin (1789–1878) beteiligt sind. *Des Lebens Überfluss*.

1840 Der Roman *Vittoria Accorombona* erscheint. Als Tiecks letztes, unvollendetes Werk entsteht die Novelle *Waldeinsamkeit*, erschienen 1841.

1841 Tod Dorotheas. Tieck wird von König Friedrich Wilhelm IV. nach Berlin berufen.

1842 Während des Umzugs nach Berlin ereilt Tieck ein erster Schlaganfall. Er erhält vom König eine Pension, Sekretär und Diener.

1847 Tod Henriettes.

1848 Freundschaft mit Rudolf Köpke, der später auf Grundlage von Tiecks Berichten seine Biografie schreibt. Herausgabe der *Kritischen Schriften* (bis 1852).

1849 Tieck sieht sich gezwungen, seine umfangreiche, mehrere Tausend Bände umfassende Bibliothek zu versteigern.

1851–53 Krankheit aufgrund der Schlaganfall-Folgen. Ludwig Tieck stirbt am 28. April 1853, noch nicht 80 Jahre alt. Sein Grab befindet sich auf dem Dreifaltigkeitsfriedhof in Berlin-Kreuzberg.

WORTERKLÄRUNGEN

Der blonde Eckbert

3 *In einer Gegend des Harzes.* Tieck verlegt die Handlung seines Märchens in ein deutsches Mittelgebirge, den Harz. Er selbst hatte im Juli 1792 eine Harzwanderung unternommen und war von der landschaftlichen Schönheit beeindruckt.
ohngefähr. ungefähr
Fehden. Streitereien, Auseinandersetzungen
Melancholie (griech.). Schwermut
Franken. Region in Süddeutschland

4 *ward.* ältere Form für: wurde
verhehlen. gehoben für: verheimlichen
laben. erquicken, erfreuen

5 *Köhler.* Arbeiter, der aus Holz Holzkohle herstellt. Der Beruf des Köhlers ist heute nahezu ausgestorben.

6 *schwindlichten.* Nebenform zu: schwindlig
neblichten Dufte. Dunst, Nebel

7 *Hülflosigkeit.* veraltet für: Hilflosigkeit
behände. schnell, flink
Ahndung. veraltet für: Ahnung

8 *Waldeinsamkeit.* Wortneuschöpfung Tiecks, vgl. auch Tiecks Novelle „Waldeinsamkeit“ von 1840
Waldhorn. Das Waldhorn findet sich häufig in den Werken Tiecks.
Schalmein. Schalmei. ein Holzblasinstrument
keichte. veraltet für: keuchte

11 *Kleinodien.* Kostbarkeiten, Juwelen

12 *blöde.* hier: schwach
bald erkannt' ich mich. bald fand ich mich zurecht, konnte ich mich orientieren

13 *Aufwärterin.* Haushaltshilfe, Dienerin

14 *Strohmian.* Den Namen des Hundes soll Tieck aus einer Erzählung seiner Mutter übernommen haben, in der von einem Hund „Strahmeh“ die Rede ist (vgl. Rudolf Köpke).
Plane anlegen. Pläne machen

15 *ich muss dir etwas entdecken.* ich muss dir etwas erzählen, offenbaren

16 *mit jedwedem Freunde.* mit jedem Freund

18 *geahndet.* geahnt (vgl. Anm. zu S. 7)

19 *Runenberg.* „Rune". (altnord.). Schriftzeichen der germanischen (Geheim- und Zauber-)Schrift; vgl. auch die Alraunenwurzel (Anm. zu S. 20) und die Tafel mit den geheimnisvollen Zeichen (S. 25)

Vogelherde. Vorrichtung, um Vögel zu fangen

Schlüfte. Schluft. alte Form für: Schlucht, enges Tal mit steilen Hängen

20 *Auroras.* Aurora. römische Göttin der Morgenröte

Diana. römische Göttin der Wälder und der Jagd, der Fruchtbarkeit und des Mondes

Alrunenwurzel. Alraune. botanisch: Mandragora; Pflanze, deren Wurzelform der menschlichen Gestalt ähneln kann. Dem Volksaberglauben nach ein Zaubermittel. Wer den Schrei des Wurzelmännleins vernimmt, kann daran sterben (vgl. auch Shakespeares Drama „Romeo und Julia", Hamburger Leseheft Nr. 128, S. 70, V. 2383).

21 *... der Fremde dünkte dem Jünglinge ... ein alter Bekannter zu sein.* Der Fremde schien dem Jüngling ein alter Bekannter zu sein.

den grünen Plan. die grüne Ebene

stand mir auch nicht an. passte auch nicht zu mir, lag mir auch nicht

22 *darnach.* ältere Form für: danach

Schluft. vgl. Anm. zu S. 19

23 *Büchse.* Gewehr

dorten. dort

„Es kann fast nicht fehlen". Es kann fast nicht schiefgehen, misslingen.

24 *demantnen.* diamantenen

25 *„Nimm dieses zu meinem Angedenken!"* vgl. die Worte Jesu beim Abendmahl (Lk 22, 19, auch Mt 26, 26 und Mk 14, 22)

26 *nirgend.* veraltet für: nirgends

jenseit. veraltet für: jenseits

27 *Gemeine.* Gemeinde

unterdes. ältere Form für: unterdessen

Pachter. Pächter

28 *Tracht.* Kleidung

30 *beiher.* nebenher

31 *böse Feind.* Teufel

33 *wegt sich.* bewegt sich

34 *sahe.* veraltete Form von: sah

aus der Acht gelassen. außer Acht gelassen

35 *Lineamente.* Linienführung, Struktur

36 *Scheuren.* Scheunen

Misswachs. eine Ernte mit geringem Ertrag, Missernte

saumselig. nachlässig

Zähren. veraltet für: Tränen

37 *Anger.* Wiese, Weide

... wes Geistes Kind sie sind. wessen Geistes Kind sie sind

LITERATURVERZEICHNIS

Primärliteratur

Eichendorff, Joseph von: Sämtliche Werke. Band 9. Hrsg. von Wolfram Mauser. Regensburg: Habbel 1970.

Hesse, Hermann: Gesammelte Schriften, Band 7, Frankfurt am Main: Suhrkamp 1957.

Köpke, Rudolf: Ludwig Tieck. Erinnerungen aus dem Leben des Dichters nach dessen mündlichen und schriftlichen Mittheilungen. 2 Teile. Leipzig: Brockhaus 1855 (Nachdruck Darmstadt: Wissenschaftliche Buchgesellschaft 1970).

Musäus, Johann Karl August: Volksmährchen der Deutschen. Hrsg. von Julius Ludwig Klee. Leipzig: Mayer und Wigand 1842.

Novalis (Friedrich von Hardenberg): Heinrich von Ofterdingen. Ein Roman. Hrsg. von Wolfgang Frühwald. Revidierte Ausgabe: Stuttgart: Reclam 1997.

Steffens, Henrik: Was ich erlebte. Aus der Erinnerung niedergeschrieben. Band 3. Breslau: Max 1841.

Sekundärliteratur

Arendt, Dieter: Der „poetische Nihilismus“ in der Romantik. Studien zum Verhältnis von Dichtung und Wirklichkeit in der Frühromantik. Band 2: Märchen und Novelle in der Frühromantik. Tübingen: Niemeyer, 1972, S. 239–316.

Fries, Thomas: Ein romantisches Märchen: „Der blonde Eckbert“ von Ludwig Tieck. In: Modern Language Notes 88 (1973), S. 1180–1211.

Kremer, Detlef: Romantik. Lehrbuch Germanistik. Stuttgart, Weimar: Metzler 2001.

Paulin, Roger: Ludwig Tieck. Stuttgart: Metzler 1987 (= Sammlung Metzler, Band 185).

Pikulik, Lothar: Frühromantik. Epoche – Werke – Wirkung. München: C. H. Beck [2]2000.

ZUR TEXTGESTALTUNG

Der vorliegende Text folgt der Ausgabe „Phantasus. Eine Sammlung von Mährchen, Schauspielen und Novellen, herausgegeben von Ludwig Tieck". Band 1. Berlin: Realschulbuchhandlung 1812. Rechtschreibung und Zeichensetzung wurden auf der Grundlage der neuen Richtlinien behutsam modernisiert, grammatikalische Eigenheiten weitestgehend beibehalten.